Juliane Vicente
Bruno Leandro
Samuel Ngolatím
Simone Saueressig
Kátia Regina Souza
Bruna Sanguinetti
Verônica S. Freitas
Mariana Bortoletti
Fábio Aresi
Duda Falcão (organizador)

PORTO ALEGRE, RS
2021

Copyright © Juliane Vicente, Bruno Leandro, Samuel Ngolatím, Simone Saueressig, Kátia Regina Souza, Bruna Sanguinetti, Verônica S. Freitas, Mariana Bortoletti, Fábio Aresi e Duda Falcão.

Todos os direitos desta edição reservados à AVEC Editora.
Nenhuma parte desta publicação poderá ser reproduzida, seja por meios mecânicos, eletrônicos ou em cópia reprográfica, sem autorização prévia da editora.

Publisher	*Artur Vecchi*
Organização e edição	*Duda Falcão*
Ilustração da capa	*Fred Macêdo*
Colorização da capa	*Robson Albuquerque*
Projeto Gráfico e diagramação	*Luciana Minuzzi*
Revisão	*Camila Villalba*
Imagens	*British Library, Marie Smith (Freepik)*

M 981
Multiverso pulp : alta fantasia / organizado por Duda Falcão. – Porto Alegre: Avec, 2021. -- (Multiverso pulp; 4)
    Vários autores.
    ISBN 978-65-86099-97-3
    1.Contos Brasileiros   2. Antologias   I. Falcão, Duda   II. Série

                                                                        CDD 869.93

Índice para catálogo sistemático:
1.Ficção : Literatura brasileira 869.93

Ficha catalográfica elaborada por Ana Lucia Merege CRB-7 4667

1ª edição, 2021
Impresso no Brasil / Printed in Brazil

🏠 Caixa postal 7501
   CEP 90430 - 970
   Porto Alegre - RS
🌐 www.aveceditora.com.br
✉ contato@aveceditora.com.br
📷 instagram.com/aveceditora

Índice

O Sumiço do Mensageiro..................................9
Juliane Vicente
A Fonte de Obsidiana na Selva Amaldiçoada..................................27
Bruno Leandro
O Tirano e a Princesa..................................41
Samuel Ngolatím
Desenho com Saco de Letras..................................55
Simone Saueressig
Meninas podem, sim..................................69
Kátia Regina Souza
Mais do que os olhos podem ver..................................87
Bruna Sanguinetti
A Vingança do Desmorto..................................103
Verônica S. Freitas
Monstro feito de Monstros..................................121
Mariana Bortoletti
Lar de Carvalho Abaixo..................................137
Fábio Aresi
O olho de Tullging..................................151
Duda Falcão

O Sumiço do Mensageiro

JULIANE VICENTE

Ilhéus de Alamanda

— Finalmente você vai me fazer uma oferta? — Zuri questionou, estalando os lábios, as orelhas eretas em antecipação, o nariz fino e alongado vibrando irrequieto. O céu amarelo-acinzentado ao fundo delineava o corpo miúdo e laranja da mulher-raposa.

Kinaya apenas sorriu em resposta, firmou os nós do turbante, concentrada em encostar o navio. A pequena Zuri se aproximou, enroscando a longa cauda nas pernas da amante. As finas garras dedilharam as cordas do banjo que carregava consigo para onde quer que fosse — um instrumento que utilizava toda vez que precisava acalmar os anseios de Kinaya. As dúvidas que as acompanham eram tão antigas quanto os anos que estavam juntas — como filhas do fogo e do vento, haveria sempre o risco da destruição.

Naquela noite não havia uma alma viva no cais. Normalmente, quando o navio Malva estava perto, um dos muitos porteiros aparecia para fiscalizar e permitia que encontrassem um berço vazio onde pudessem encostar. Porém, como não havia nenhuma embarcação à frente para impedir a passagem, o porteiro as deixou passar e indicou que encostassem onde quisessem. Kinaya seguiu seu comando, controlando o navio ainda desconfiada pelo semblante do porteiro, que parecia preocupado, mas nada disse. Ela chegou ao destino final e preparou a ancoragem. Os viajantes, aventureiros recorrentes do Malva, desembarcaram ávidos em direção aos casebres e centros, onde encontrariam, com sorte e algumas lascas de pedras preciosas, comida quente e cerveja fresca.

Ao fim de uma viagem, havia sempre a promessa da próxima aventura. Kinaya e Zuri haviam acertado o que fariam a seguir: descansar por algumas semanas em Ilhéus e partir em busca de trabalho pelas Terras do Sul. Tinham o suficiente para manter-se por pelo menos duas primaveras, portanto poderiam aproveitar o conforto de uma cama e o calor de uma fogueira de chão.

Kinaya olhou para o céu acinzentado da noite, a abóbada de constelações e planetas delineando a figura pontilhada do Escorpião, que indicava problemas no futuro imediato, mau presságio. Como era de costume, ela ignorou a sensação que lhe apertou a garganta, do mesmo modo que bloqueou as almas que vagueavam à volta de si em busca de redenção ou vingança. Os chifres na cintura a incomodavam, um lembrete do passado renegado e perdido, a sina da filha mestiça do povo do leão e da búfala.

Antes de partir, Kinaya pegou uma vela vermelha, movimentando-a em frente ao rosto; Zuri proferiu chiados modulados e apontou para o pavio, acendendo-o. As chamas azuladas dançavam em seus muitos dedos, ignorando a grossa penugem. Os olhos brilhavam refletindo o fogo. Por sua idade avançada, o elemento era seu destino e sua maldição — que acabaria consumindo-a ao pó. Zuri dizia estar no controle, mas não havia como prever até quando e isso preocupava Kinaya. Zuri balançou a cabeça e selou o ritual de proteção do navio ancorado, dando início à melodia novamente, prosseguindo com Kinaya em direção às luzes distantes do centro da cidade.

Antes que chegassem ao destino, Ibiri, uma das clientes e viajantes mais antigas do Malva, vinha a cavalo, troteando em estouro. Era uma cena deveras interessante, a figura da velha, com sua cabeça de coruja sempre girando no próprio eixo, a face robusta em formato de coração e a plumagem bege proporcionando a impressão de que era uma extensão do animal que a transportava:

— Salve, Kinaya e Zuri! Não sabíamos quando vocês retornariam... Ilhéus está um caos desde que o Mensageiro sumiu!

Kinaya e Zuri se olharam, o semblante da descrença tornando-se em desesperança à medida que entendiam o que aquilo significava. Após a criação dos mundos, os Ancestrais conviveram em harmonia com todas as formas de vida ordinárias, protegendo-os e ensinando-os tudo que conheciam. As disputas e a ganância deram origem às separações e ao abandono dos seres celestiais com a convivência comum. O Mensageiro foi o único deles que permaneceu, responsável pela comunicação entre os povos e a preservação da natureza. Sem ele, a conexão estaria quebrada e o equilíbrio universal comprometido.

— Estávamos à espera de vocês. Há muitos de nós que desejam lutar. O Malva pode ser a nossa última chance de fazer algo dessa vez.

— Lutar? Você não pode estar falando sério, Ibiri! — gritou Kinaya. — Você não pode se culpar pra sempre pelo que já aconteceu. Nenhum de nós pode se culpar!

Zuri segurava o braço de Kinaya, seus olhos censuravam o desrespeito no tom de voz da amante ao tratar uma Senhora da Morte como Ibiri.

— O que a Kinaya quer entender, Ibiri, diz respeito a como faremos isso.

— A Guerra é um delírio! — avisou Kinaya, impaciente.

A sacerdotisa anciã sorriu, os olhos rápidos movimentando-se em direção à dupla, como se pudesse ler seus pensamentos. Com esforço, ela apeou do cavalo e se curvou para apanhar um punhado de terra seca.

— Você vê esta terra, Kinaya? Em um mês, nem mesmo o Vale do Sul será capaz de conter a devastação. A ruptura do sagrado antecede o retorno à escuridão. Sem o Mensageiro, não sobreviveremos. E todos sabemos por que ele decidiu partir.

— Enfrentar a Fraternidade é uma missão suicida — interrompeu Kinaya. — Além disso, não seríamos o bastante, mesmo se tentássemos.

Ibiri deu tapinhas no lombo do cavalo para que ele retornasse à hospedaria sozinho.

— Deixe estar por esta noite, Kinaya. Hoje as receberei como minhas convidadas. Vamos lá — disse alegremente, passando as longas asas ao redor de Kinaya e Zuri, como antigas amigas que não se viam havia muito tempo.

Durante o longo percurso, Kinaya permaneceu em silêncio, fingindo ignorar a conversa, assentindo uma vez ou outra. Zuri lembrou dos horrores que seu povo havia passado nas mãos da Fraternidade, ao que Ibiri respondia nomeando os algozes como exploradores e forças do mal. Para Kinaya, nenhuma dor justificaria olhar para trás; com muito custo havia sobrevivido e não desejava ingressar em qualquer tipo de intriga que não lhe pertencia.

A teimosia de Zuri em concordar com Ibiri deixava Kinaya desconfortável. Conhecendo a companheira, iria até o fim se deixasse que tal ideia criasse força em seu imaginário. Era de sua natureza defender o mundo contra injustiças, ainda que pusesse a própria segurança em risco. Tal obstinação podia ser vista na cicatriz que atravessava seu rosto, resultado de um golpe que recebera ao libertar uma criatura das ondas enclausurada em um aquário itinerante. Kinaya fez menção de interromper a conversa, recebendo um olhar severo de Zuri. Como não queria trazer à tona uma discussão, adiantou-se no trajeto, chegando primeiro à hospedaria.

Em frente ao local, duas criaturas se atracavam no chão entre socos e mordidas. A maior, um papató macho, usava as longas garras para atingir seu oponente, que o provocava chamando-o de "devorador de crianças". O papató em fúria, ainda assim, mantinha a bocarra fechada — seria uma questão de tempo até que perdesse a paciência e a gigantesca boca que ia do nariz até o estômago engolisse o adversário. No entanto, o rival, uma besta reptiliana, tinha a vantagem, pois ia se modificando de acordo com o ambiente, o corpo estreito e ligeiramente achatado aparecendo e sumindo. Um grupo de boais, aves negras de bico grosso, observava o confronto, aguardando à espreita o desfecho, para devorar qualquer resto de vísceras e lamber o sangue do chão. A briga terminou quando um dos serventes da hospedaria avisou que Ibiri estava chegando. O grupo se dispersou e adentrou a mata.

Quando Kinaya, Zuri e Ibiri ingressaram na hospedaria, foram surpreendidas por um cavaleiro que, ao vê-las, se levantou em sinal de ataque e cuspiu no chão em desafio. Seu olhar compenetrado fulminava Zuri. Kinaya apertou o laço do turbante, encarando-o. Porém, antes que pudesse posicionar as mãos no cinto de chifres para pegar a adaga no estojo, Zuri, rápida, adiantou-se com a espada.

— Você vai me fazer uma oferta, cavaleiro? — perguntou ela, em tom zombeteiro. A figura lupina empunhou um escudo e manteve a espada de dois gumes apontada para o peito de Zuri.

Os músicos pararam de tocar com a tensão instaurada no local. Zuri proferiu palavras de poder e as velas do recinto se apagaram. Um grupo de sacerdotisas, reunidas em uma mesa de canto, balançaram as cabeças em desaprovação. Nesse momento, Ibiri se interpôs entre eles com o cetro em mãos:

— Aqui dentro da minha hospedagem não haverá derramamento de sangue. — O cavaleiro guardou a espada sem desviar o olhar de Zuri. Antes de sair, cuspiu novamente no chão, amaldiçoando o povo do fogo.

— E você acredita que poderemos lutar juntos, Ibiri? — debochou Kinaya, servindo-se de um caneco de conhaque.

Águas Profundas

Sete dias e sete noites haviam se passado e não houve quem convencesse Kinaya a abandonar a pousada.

Nem mesmo as súplicas e as chagas abertas de criaturas

da natureza foram suficientes para comovê-la. A água fresca havia se tornado avinagrada. As frutas recém-colhidas apodreciam em poucas horas. Ibiri, cada vez mais fraca, parecia prestes a dar o último suspiro. Foi somente na oitava noite, quando bebiam na companhia de Ibiri e que o sangue escorreu do nariz de Zuri, que Kinaya finalmente compreendeu as consequências da ausência do Mensageiro. A natureza estava morrendo.

Na manhã seguinte, partiram em direção às Montanhas Altas, onde aconteceria a reunião de todos os conselhos e povos para decidir como enfrentariam a Fraternidade, na esperança de que o sucesso da empreitada trouxesse o Mensageiro de volta à terra.

Kinaya capitaneava o Malta em direção ao sul. Zuri era responsável pelo controle das velas, mas, com o avançar da jornada, estava cada vez mais lenta. Ibiri recuperara o vigor lidando com o cozimento das refeições diárias. Ao anoitecer, todos se reuniam no convés para ouvir os contos e causos da idosa sacerdotisa que conjurava figuras lendárias de fumaças e tons coloridos que desapareciam ao toque. Naquela noite, Ibiri contou sobre a fábula da colossal criatura que vivia no fundo do oceano. Um organismo híbrido — metade dragão, metade lula — que permanecia em sono profundo, aguardando o renascimento. Os kererês à sua volta trespassavam a projeção da criatura, tentando capturar seus tentáculos. Não tinham medo da imagem, na inocência pueril que não teme o que não compreende.

Boa parte dos tripulantes dormia ou fingia ouvir, mas Kinaya prestava atenção a cada detalhe, pois desconhecia o passado contado; fora criada longe dos seus por representar a união perigosa de um vulcano com uma guerreira do vento. Não se podia unir o leão e a búfala, todos sabiam disso.

Estava tão envolvida pela história, sentindo certo afeto por tal aberração que era mestiça como ela, que não percebeu que o navio estava gradualmente fundeando. Ela e Zuri haviam se acostumado ao mau tempo naquelas águas, manobrando o Malta em constantes capeadas e corridas com o tempo. Quebrando a tranquilidade, o rangido a estibordo fez com que a multidão se voltasse à proa, a tempo de visualizar a formação perfeita do olho da tormenta. Kinaya saiu em disparada; a consolidação daquele fenômeno era extraordinária, já que nenhuma onda longa havia a precedido.

— Força avante! — anunciou Kinaya, pois estavam na rota da tormenta.

O vento tinha constância e aumentava. Com a ajuda de Zuri, governou o rumo, navegando na maior velocidade possível, e ainda assim o navio não evoluiu. A única opção aparente era aguardar até que o vento as empurrasse e saíssem do círculo de perigo; ou girar, invertendo o rumo da navegação. Ibiri mandou os kererês para as cabines e o seu semblante habitual de sossego foi substituído por uma face obstinada, as pupilas dilatadas passaram do lilás ao purpúreo e, ao redor de seu curvado corpo, surgiu uma áurea de poder.

A conexão com a natureza de sua espécie foi energizando-se enquanto Ibiri se concentrava em dominar a energia que emanava feixes de luz violeta por todos os poros de sua pele.

Ibiri posicionou o cetro nas duas mãos, balançando-o como se embalasse uma criança antes de dormir. E foi então que se ergueu uma muralha de lodo do mar, com peixes despencando de seu topo de volta às águas. Ao comando de Ibiri, se configurou uma criatura de lodo que envolveu a tormenta e dissipou o furacão. Depois disso, os resíduos da tempestade e da magia de Ibiri duraram poucos segundos.

A Senhora da Morte despencou, sendo carregada no colo para perto de Kinaya e Zuri, que se recuperavam do acontecido.

— Ibiri, não se preocupe, estamos quase chegando! — disse Kinaya, apontando para o horizonte distante.

— Há sempre um preço a pagar para entrar nas Montanhas. Estou bem — sussurrou Ibiri. — É preciso mais do que uma tempestade para me derrubar.

Montanhas Altas

A cordilheira era circundada por um abismo e era impossível distinguir onde a cadeia montanhosa acabava, pois era parcialmente coberta por uma fileira de nuvens de grossa espessura. Nenhuma criatura a pé poderia fazer a travessia do abismo: era preciso receber passagem. No sopé, inúmeros viajantes haviam tentado penetrar a barreira de proteção, sem sucesso. As redes protetivas eram encantadas pelos guardiões e nenhuma magia conhecida era capaz de derrubá-las.

Ibiri ia à frente do grupo, indicando a direção com o cetro que também utilizava como uma bengala. Ao passo que subiam em direção à base da encosta, a sacerdotisa assoviava. Próximo ao precipício que antecedia a montanha, uma pomba branca sobrevoou o grupo e então pousou no ombro de Ibiri.

— Eles estão comigo — anunciou a sacerdotisa. O pássaro observou os viajantes, movendo-se no ar, aconchegando-se e apartando, como se conferisse algo. À frente de Kinaya, a ave se prostrou junto ao rosto, girou ao entorno de seu turbante e então pousou no chão à beira do despenhadeiro. — Vamos — anunciou Ibiri, dando um passo em direção à queda, desaparecendo a seguir. O grupo foi diminuindo à medida que o bando avançava para completar a passagem. Antes de proceder à borda, Kinaya olhou para o pássaro, que continuava a fitá-la arrulhando. Zuri segurou sua mão e ambas cruzaram a barreira.

A paisagem do outro lado era absolutamente divergente. No lugar do paredão de rocha que podiam vislumbrar antes, havia, de um lado, uma estrada de chão com inúmeras barracas e estandes e, do outro, a floresta com grandes árvores que se tocavam, formando um dossel fechado.

— Amuletos! Talismãs! Esculturas! — anuncia um setemãos, cada um dos braços repleto de utensílios para venda e troca. Ibiri, impaciente, fazia gestos para que o grupo se mantivesse próximo. Um saltimbanco fazia malabarismos com ouriços selvagens que, ao final, se empilhavam e se dividiam para abordar os transeuntes em busca de um trocado. Uma escorpiaranha rabugenta empurrava um carrinho de vestes e espelhos, com os dizeres "mascate alegre" no vestido colorido. Um hipoporco vendia uma porção de quinquilharias de cristais que mudavam de cor conforme o tocar de uma estranha varinha mágica. Àquela altura, os kererês haviam derrubado a mesa de uma adivinha que prometia transformá-los em sapos enquanto recolhia os búzios da grama.

Kinaya e Zuri pararam em frente a um estande de instrumentos, pois a vendedora prometeu que ali poderiam comprar uma dúzia de cordas de prata trançadas em fibras tão finas e belas quanto as madeixas de um unicórnio.

— Charutos! Canção de sangue! Incenso! Óleo de jasmim! Fragrância Eldorado! — repetia outro setemãos, equilibrando uma dúzia de garrafas e caixas aglomeradas nos ganchos em seus braços. Naquela imensidão de feiras e expositores, havia toda a sorte de assassinos e errantes, de contadores de histórias a lutadores profissionais.

Os burburinhos e a cacofonia dos diversos instrumentos musicais deram lugar ao silêncio quando uma nuvem de aves se aproximou. O bando foi se fragmentando até que houvesse uma águia-berradora em cada poste. O pássaro mais próximo abriu seu grande bico e emitiu uma voz alheia, que repetia:

— A reunião do conselho começará antes do pôr do sol.

A gira do destino

Kinaya e Zuri subiram a trilha em direção ao anfiteatro principal no interior da montanha. Normalmente, os grandes portões permitiam a entrada apenas de seres detentores da conexão ancestral, de acordo com sua espécie. Porém, naquela noite, mesmo os párias que negam sua conexão com o sagrado poderiam ingressar na reunião. Ibiri havia se encaminhado para o centro, como representante das sacerdotisas de Ilhéus. Kinaya e Zuri mantiveram-se na arquibancada. As diferentes tribos e comunidades ali reunidas deveriam, além de oferecer-se para a guerra, contribuir com alguma oferta. Os povos das montanhas, como anfitriões, foram os primeiros a obter o direito de fala. Olurô, o representante dos guardiões da montanha, se encaminhou com dificuldade até o centro do anfiteatro.

— Salve! — Sua voz calma e firme ecoou na multidão, que respondeu ao cumprimento. — Estamos aqui reunidos porque chegou o momento da luta. Temos representantes de colônias que conseguiram refugiar-se em outras terras e outros tantos que escolheram a vida de nômades. Cada um de nós viu, ouviu ou vivenciou a destruição com a chegada da Fraternidade em nossas terras. — O guardião tomou o cajado em mãos e apontou para a aglomeração. — Não nos enganemos! É por causa da Fraternidade que o Mensageiro, nosso guia e instrumento de comunicação com os Seres Ancestrais, nos abandonou. Mas a culpa também é nossa por termos deixado que o domínio do outro nos desunisse. Hoje será diferente! Sou porque somos e eu estou pronto pra guerra!

Os gritos reverberaram até que o sinal do guardião anunciou o início das ofertas. Primeiro, a legião dos gatunos, considerados os filhos do Mensageiro, entrou aos pulos, trazendo correntes enfeitiçadas. Os descendentes de vulcanos vieram em seguida, grandes criaturas humanoides gigantes com armaduras que deixavam apenas as jubas de leão expostas. Eles depositaram machados de pedra no chão. Os cavaleiros lupinos sobrepõem aos machados uma torrente de enxadas, escudos e pás, reafirmando a rivalidade entre vulcanos e cavaleiros, entre os filhos do fogo e os filhos da forja. Para apaziguar a cerimônia, entraram as videntes como se flutuassem, delicadamente posicionando leques de ouro na pilha, seus corpos dourados adornados de joias e pedras preciosas, uma beleza sem igual, à exceção dos pés deformados.

Ibiri, no meio do grupo das sacerdotisas, ajudou suas irmãs de ofício, que também andavam com dificuldade ao empurrar carrinhos com jarros de barro. Elas ignoraram a pilha de espólios, pois eram desafeitas a tudo que o metal produz, mantendo uma antiga desavença com os cavaleiros. As inaés, criaturas femininas metade peixe, metade mulher, emergiram de seus lugares como água corrente, pairando em sintonia, guiadas pela rainha das águas. Sob o seu comando, retiraram das vestes trêmulas tudo aquilo que capturam da Fraternidade, que poluía suas águas: manoplas, grevas e elmos. Os kererês, caracterizados pelo bando de crianças gêmeas, adentraram pelo meio da multidão em corrida, uns comendo frutas, outros ocupados em ofertar seus tambores para a guerra. Os curandeiros e os caçadores entraram juntos; havia boatos de que os primeiros eram tão reservados pois detinham o conhecimento perdido de todas as folhas, e que os últimos precisavam de apenas uma flecha para matar seu alvo. Eram conhecidos como os guerreiros inseparáveis, das tribos simbolizadas pelo galo e papagaio. A comunidade das cobras arco-íris ingressou em sua forma de conexão completa, como seres rastejantes que tributaram seu veneno, enquanto as mulheres-raposa-pigmeu da linhagem de Zuri invadiram o lugar em marcha com seus instrumentos e cânticos, manipulando escudos-redemoinho.

Por fim, o vendaval anunciou o ingresso das guerreiras do vento, mulheres filhas da búfala e últimas sobreviventes de sua linhagem, trazendo chicotes flamejantes. Kinaya estremeceu ao sentir a energia da presença de suas ascendentes. Zuri permaneceu em silêncio, dedilhando o banjo, no aguardo da celebração. Não havia contado à Kinaya sobre o que aconteceria a seguir, pois temia que a amada decidisse ir embora. Aquele seria o primeiro ritual de Kinaya, e, mesmo se pudesse, Zuri não era autorizada a interceder ou ajudar.

Nenhuma tribo ou comunidade se opôs ao chamado. Sendo assim, foi permitido o início da solenidade aos Ancestrais que antecede qualquer luta. Os guardiões das montanhas manipularam as arquibancadas ao comando de seus cajados; em poucos minutos, os degraus foram se tornando a superfície lisa do imenso salão. Jardins eram erguidos em todas as extremidades, formando painéis de plantas e bambus, enquanto os curandeiros tratavam da queima de ervas e resinas, a brasa do carvão espalhando o perfume nectário. Todos fizeram um grande círculo em volta dos objetos doados e o guardião deu início aos cânticos em homenagem ao Mensageiro, exaltando suas qualidades, clamando por seu retorno. Quando ele implorou em língua antiga para que o Mensageiro encaminhasse suas preces aos Ancestrais, as pilhas de ofertas desapareceram.

Assistentes trouxeram frutas, bebidas e alimentos crus e cozidos. Guiados pelo cajado do guardião, a grande roda caminhou em sentido anti-horário, ao som de vozes e instrumentos. Kinaya acompanhou o ritual com divertimento, mas sentiu o cansaço da subida lhe pesar as pernas.

— Estamos vagando no tempo! — disse Zuri, sorrindo, puxando-a para circular e ir adiante a fim de acompanhar a dinâmica do ritual. A dança circular tinha fim quando a massa de corpos em movimento passava a realizar diferentes atos: alguns se jogavam ao solo, outros se deitavam, e havia quem tocasse o chão e fizesse sinais com os dedos. Zuri soltou a mão de Kinaya, em um transe que a fez performar deslocamentos que Kinaya desconhecia. A essa altura, Kinaya estava convencida de que devia partir, pois não fazia parte da conexão com o sagrado. Em direção à saída, porém, foi interceptada por Ibiri, acompanhada de suas irmãs de linhagem. As guerreiras do vento se aproximaram de Kinaya, que se afastava receosa. Uma das mulheres tocou seu turbante.

— Está tudo bem, Kinaya — a mulher disse, sendo ajudada pelas demais no desenrolar do pano que protegia e escondia o segredo de Kinaya. À medida que o tecido era retirado, os grossos fios da juba cinza caíam em frente aos olhos, os cabelos lentamente adquirindo tons do chumbo ao preto. Sem o domínio da conexão com a ancestralidade que atravessa sua espécie, seus cabelos revelavam a angústia e o medo, diferente das irmãs ao entorno de si, com seus cabelos rubros luminosos. Ibiri suspirou ao avistar o terceiro olho de Kinaya, completamente fechado, uma anomalia daqueles que perderam o contato com o seu ciclo natural.

Naquele momento, no centro, os gatunos levantaram as mãos como garras para o céu, batendo os dedos para a terra. Como filhos do Mensageiro, eram os primeiros a se conectar. Os membros da comunidade das cobras arco-íris produziam movimentos ondulatórios que acompanhavam o ritmo da roda. Kinaya sentia as pálpebras se fecharem, enquanto as guerreiras revestiam seu corpo com braceletes de cobre. Os caçadores realizavam movimentos de arco e flecha, girando em círculos, ao passo que os curandeiros pulavam de uma perna. As videntes, meigas e vaidosas, moviam-se com os braços delicados e lentos, balançando as joias que as enfeitavam. Os cavaleiros lupinos brandiam suas espadas, cortando de um lado para o outro; os vulcanos, em resposta, faziam a terra tremer com a força de um trovão, cruzando o machado na frente do peito com violência e precisão. As inaés locomoviam-se como ondas, os corpos d'água levemente dobrados, cortejando a rainha das águas, que passeava em direção à Kinaya. Com ternura, a rainha tocou o olho fechado na fronte de Kinaya e se afastou. Inebriada com a beleza da dança, Kinaya estremeceu pelo toque alheio em seu ponto mais frágil. Ela observou Zuri no meio da multidão, bailando com a espada curta. Kinaya estava cansada e sentia as extremidades formigarem. Ibiri, ao seu lado, girou a cabeça para todos os lados, curvando-se apoiada no cetro, arqueando o corpo roliço para frente, como se prestes a cair. O som do toque dos tambores aumentava, cada vez mais alto e grave. A multidão cantava, repetindo vogais breves e longas, clamando por renovação e esperança.

O mantra parecia atravessar o corpo de Kinaya. Ela já não era mais capaz de suportar a tempestade dentro de si. Não havia pausa na música, e as guerreiras irmãs a envolviam em cumprimento. Via os próprios braços mexendo-se com força, afastando qualquer um à sua frente. Os passos rápidos e determinados levavam o tronco em todas as direções do salão, as mãos espalmadas para a frente impediam a aproximação, a vibração do som refletia as batidas do coração. Uns se sacodiam, outros pulavam e gritavam; Kinaya, em transe frenético, desconhecia o mundo à sua volta, apenas sentia.

O tempo dilatado no círculo que girava ia tomando os presentes. Quando o ritmo diminuiu, a reverência aguardou a resposta etérea. Todos se curvaram para o trono onde estaria o Mensageiro, mas ele não atendeu ao chamado. O guardião então se aproximou, apoiado em seu cajado, e anunciou o encerramento:

— Tenhamos discernimento para construir o nosso destino com justiça e sabedoria.

Ninguém era capaz de falar sob os efeitos do frenesi da conexão. Se pudessem, muitos lembrariam que o Mensageiro guardava rancor com facilidade e ele só aparecia quando queria. Era o único que agia na Luz e nas Sombras, pois amava as criaturas que protegia tanto quanto seus defeitos e falhas. Muitos ali saberiam também que, se ele estivesse observando e ponderando sobre o futuro, fazia apostas.

De todas as possibilidades, uma coisa era certa: a conexão estava completa e, ainda assim, o Mensageiro permanecera em silêncio.

A dança da morte

— Finalmente você vai me fazer uma oferta? — Zuri questionou, estalando os lábios, enroscando a cauda nas pernas de Kinaya como costumava fazer.

— Quando você vai parar com essa mania estúpida? — respondeu Kinaya, séria, mudando a expressão ao ver o desapontamento de Zuri.

Fazer graça de uma maldição não a faz desaparecer,

pensou Kinaya. Todo aquele que tivesse um desejo atendido por uma filha do fogo teria de aguentar as consequências. Isso não era uma brincadeira.

— Estamos perto? — interrompeu Ibiri. A velha trazia no colo dois kererês adormecidos.

— Quase — respondeu Zuri e desceu para as cabines.

— Minha filha, você tem que entender uma coisa: cada um tem o seu jeito de lidar com o mundo — disse Ibiri carinhosamente. — Olhe para você hoje! Quem poderia dizer que um dia você deixaria de esconder sua bela juba?

Kinaya assentiu. Desde a cerimônia nas montanhas, abandonara todos os tecidos que usava para esconder os cabelos e o olho falho. Os cachos insistiam em embaraçar-se por todo o couro cabeludo, mas se acostumara até mesmo com as cores que continuavam a exprimir os seus estados de humor. No início, tivera a impressão de que aquele ato definiria como os demais se comportariam com ela, para, no fim, compreender que o marrom-escuro que as madeixas apresentavam não era

novidade alguma para a tripulação: todos sentiam medo. Resolveu ir atrás de Zuri para se desculpar, mas, a caminho das cabines, podia jurar que havia visto por um segundo uma pequena criatura sobrevoando o entorno das velas. Do convés, ouviu o grito abafado:

— Ataque a estibordo!

Uma frota de navios se aproximava com uma criatura enorme planando no céu. Em poucos minutos, o Malva e todas as outras embarcações da armada estariam cercadas. Dois magos apareceram subitamente diante do navio acompanhados de um enxame de elementais do ar, seres minúsculos dotados de asas de inseto multicoloridas. Ibiri investiu com o cetro mágico, imobilizando os dois homens encapuzados, ao passo que os kererês, furiosos e despertos de seu sono, atiraram redes com o estilingue. Mesmo capturando as crias voadoras, elas roíam o cordão e se soltavam novamente.

Kinaya correu a tempo de impedir que um vulcano se atirasse na água, seduzido por horrendas sereias que cantavam uma melodia ininteligível. Inaés emergiram na superfície, cortando gargantas e seios de suas inimigas, enquanto a rainha das águas se ocupou da líder das sereias, fazendo-a engolir um punhal. Necromantes e espadachins apareceram por magia sobre o Malta, conjurados pelas forças de seus magos. As espadas de dois gumes dos cavaleiros batiam nas armaduras e capacetes com o símbolo da Fraternidade. As videntes e seus corpos dourados reluziam à luz do sol, algumas com arcos, outras com espadas — as remanescentes pegavam os adversários feridos, soprando pó em seus olhos, cegando-os e jogando-os ao mar.

Uma gigantesca criatura sobrevoava o Malva: um dragão de proporções absurdas, com a pele tomada de brotoejas e muco. Caçadores atiraram em direção à barriga do horrível monstro, com o auxílio de gatunos e seus tridentes-foice. Papatós e cobras arco-íris se ocupavam de ogros e lobisomens. No meio das mulheres-raposa-pigmeu, Zuri e um guardião lutavam contra um humanoide, cujo arco disparava flechas contínuas em sua direção.

Kinaya partiu em direção à Zuri; no entanto, uma das guerreiras do vento que definhava a segurou pelo tornozelo, apontando para a direção oposta. Lá estava Ibiri, com as vestes ensopadas de sangue no chão, enquanto um necromante lhe arrancava um dos olhos com uma espécie de colher. Tomada pela fúria, Kinaya avançou, adaga em mãos. Sem poderes ancestrais pereceria nas mãos do mago, mesmo assim arriscaria.

Ele se virou em sua direção, pronto para atacá-la. Antes que pudesse conjurar um feitiço, porém, seu corpo foi tomado pelo fogo mágico advindo das garras de Zuri. Distraída em salvar Kinaya, ela não pôde antecipar o disparo de uma flecha vinda de uma besta inimiga. Kinaya, atenta, correu o mais rápido possível na direção de Zuri e a empurrou, tirando-a da trajetória certeira do projétil.

Kinaya, no mesmo segundo, pôde ver o semblante de desespero da amada quando a haste de ferro atingiu seu peito. Enxergou também um ogro sentado devorando a cabeça de um kererê e o arqueiro que arremessara a flecha gritar satisfeito:

— Pela nossa terra!

Em seguida, Kinaya foi empurrada com um golpe no ombro em direção ao mar.

Naquele momento, como nunca antes, Kinaya acreditou.

O seu corpo afundou. Tentou conter a respiração, mas acabou engolindo água. Os olhos e as narinas arderam, sentindo a dor de mil agulhas na fronte. Por sorte, antes que se afogasse um gatuno com mãos estranhas conseguiu socorrê-la, nadando com ela até a costa.

Quando despertou, Zuri já estava ao seu lado, forçando-lhe a beber um líquido quente. Um curandeiro cobria seu corpo com emplastros de ervas, enquanto um guardião a benzia.

— O que aconteceu? — perguntou Kinaya. — Eu estava me afogando e então um gatuno me salvou... Onde ele tá?

O grupo se entreolhou, confuso.

— Kinaya, você mesma nadou até a praia! Você se salvou!

Ela negou. Não era possível. Um gatuno havia a resgatado. Olhou para o lado, o Malta em chamas no oceano. Do outro lado, as sacerdotisas encaminhavam o corpo de Ibiri.

— Nós vencemos? — perguntou, incrédula.

— Hoje sim, meu amor — respondeu Zuri, lhe dando outra colherada de sopa.

Kinaya sentiu o amargo da morte nos lábios. Dali em diante, lutaria por Ibiri. Custasse o que custasse.

— Ali está o gatuno que me salvou! — gritou Kinaya para os demais, que olhavam para onde ela apontava sem ver ninguém. O gatuno se prostrou ao lado de Kinaya e acenou. Ela pôs a mão na testa e percebeu que seu terceiro olho estava aberto. Olhou novamente para o gatuno, que gargalhava e a fez adormecer com um toque na fronte.

O Mensageiro havia retornado.

A Fonte de Obsidiana na Selva Amaldiçoada

BRUNO LEANDRO

— Você tem certeza de que consegue trazê-lo de volta?

— Só precisamos chegar até a fonte de obsidiana. Suas águas reverterão o feitiço.

Nnedi e a griô seguiam à frente do grupo. A princesa do reino caído de Bengai-Makê estava cansada, mas não diminuía a marcha nem abandonava por nada sua carga amarrada às costas por uma capulana. Desde que o feiticeiro havia transformado seu irmãozinho em pedra, ela tentava de tudo para reverter a maldição. Nas andanças, encontrara Enme, e a anciã contadora de histórias se juntara ao pequeno grupo que a acompanhava para restituir o irmão à carne. Quanto mais se aproximavam da fonte, mais curtas se tornavam as paradas para comida e descanso. Porém, já fazia um tempo que os arredores mudavam da convidativa savana, cujo sol acalentava suas peles negras, para uma selva inóspita e sombria, onde quase não se ouviam sons de animais e as sombras se alongavam de uma maneira nada amistosa, diminuindo a luz natural.

— A magia daqui incomoda demais para um lugar que deveria trazer cura. — Jafari tremeu um pouco e esfregou os braços como se pudesse tirar a sensação viscosa de sua pele. Em seguida, amarrou outra vez os cabelos rastafári no laço que vivia se desfazendo, para logo continuar cortando o mato que surgia de lugar algum e se enroscava em seus pés.

O pastor também buscava a fonte, mas por motivos próprios. Desde que um espírito se apossara de uma de suas cabras, a má sorte o acompanhava, pois ele a matou e comeu sem saber disso até que fosse tarde demais. Começou com coisas pequenas, como uma farpa de árvore no dedo ou um mingau azedo. Depois, uma cabra caiu em um barranco, outra morreu por picada de cobra e ele mesmo quase foi atropelado em um estouro do rebanho. A maldição ficava cada vez pior e ele temia perder a vida.

— Princesa, acho que estamos sendo observadas. — Dalji era a guardiã de confiança de Nnedi e foi a única que conseguiu escapar com ela quando o feiticeiro atacou. O resto da família estava perdido, mas ela jurara proteger a princesa como pudesse. Vinha fechando a comitiva, para ter certeza de que não seriam cercados por feras ou inimigos.

Todos pararam por um momento e ouviram o farfalhar das árvores. Dalji estava a ponto de bater seus braceletes, mas um olhar da princesa a impediu. A griô cantarolou baixinho a história de um gavião-do-ovambo que capturou sua presa no topo do baobá. Com isso, se transformou no pássaro e voou direto para a copa de uma das árvores. Voltou de lá segurando um macaco-verde que se debatia entre suas garras, gritando, mordendo e arranhando na tentativa de escapar. Ela o jogou no solo com força e o bicho, atordoado, ainda insistiu em fugir, pulando e se agarrando no pastor de cabras que, ao segurar o macaco, deu de cara com o tronco de uma árvore, mordendo a língua e sangrando a boca. Ainda escorregou e bateu de costas no chão, mas seu aperto de mão firme no rabo do animal não o deixou ir. O macaco parou de se mexer quando se percebeu sem chance de fuga. Jafari soltou seu aperto.

Nnedi foi a primeira a falar, com o indicador esquerdo em riste, já se iluminando:

— Por que nos observava? Fale, criatura imunda!

Diante da jovem de aspecto feroz, o macaco baixou a cabeça, ergueu apenas os grandes olhos vermelhos e juntou as mãos em súplica.

— Não foi por mal, Vossa Alteza. É que ouvi vocês entrando na selva e ninguém caminha por estas sombras há muito tempo. — O animalzinho tremia bastante e sua cauda não parava no lugar.

— Não se deixe enganar, princesa. Macacos podem ser muito ardilosos e não costumam ficar sozinhos. Deve haver um bando deles por aí. Não baixe sua guarda. — Dalji se mantinha atenta à selva, embora não houvesse outros sons.

— Prometo que não tenho bando. Todos foram embora há muito tempo e eu me perdi e fiquei preso nesta selva. — O macaco se encolheu.

— Chega! — Nnedi ordenou. — Não sei se acredito em você, mas ficará conosco, por enquanto. Assim, não fugirá para avisar outros, se eles existirem. — Ela tirou um longo fio de seu turbante e o trançou por uma conta de búzio, fazendo um colar. Quando o colocou no macaco, ele não podia mais fugir nem tirar a peça, mesmo se esforçando para isso. Mudando de assunto, a princesa se virou para os companheiros: — A fonte fica no coração da selva. Não sabemos os perigos que vamos encontrar ou quanto tempo ainda falta, mas quero chegar até ela o quanto antes.

O macaquinho arregalou os olhos e disse:

— Por favor, não! Aquele lugar é amaldiçoado. Quem beber de suas águas pode morrer. Além disso, a fonte é guardada por homens-hienas do feiticeiro, sempre com sede de sangue.

— Griô, o que ele diz é verdade? — Nnedi voltou-se para a sábia de cabelos prateados.

— Ele fala alguma verdade, princesa — disse Enme. — Quem bebe da fonte pode morrer, mas quem se banha nela tem sua maldição removida. É importante que a pessoa não deixe a água entrar em sua boca, nem que a tire da fonte, pois perderá suas propriedades benéficas e só restarão a maldição e o veneno.

— Mil vezes maldita seja se nos trouxe para uma armadilha! Prefiro procurar outra forma de destruir minha maldição a perder a vida para uma fonte mortal. — Jafari cuspiu no chão aos pés da contadora de histórias e se sentou em um tronco de árvore. Levantou-se em seguida, sacudindo inúmeras formigas da roupa e gritando pelas mordidas dolorosas.

As palavras do pastor iniciaram raízes nos corações da princesa e sua guardiã, mas a griô tratou de explicar tudo antes que a situação se complicasse:

— A fonte nem sempre foi maligna. Antes, era um lugar de cura.

— É bom que você diga tudo, mulher. Não darei mais um passo até saber no que estou me metendo — Nnedi ordenou.

— Contar histórias é perigoso para mim, pois aquilo que falo pode se tornar real. Mas o macaco falará sobre este local melhor do que eu e posso usar a fumaça do fogo para mostrar a vocês o que aconteceu aqui.

A princesa aceitou a proposta. Recolheram alguns galhos secos e folhas mortas para uma fogueira que teria dupla função. Fazia um frio forte para a hora do dia, pois o sol era filtrado pelas árvores e quase não aquecia o grupo.

O macaco resistiu, mas ninguém conseguia desobedecer às ordens da princesa e ele cedeu:

— A selva já foi um lugar tranquilo, antes do feiticeiro. — Enquanto ele falava, Enme pegou parte da fumaça da fogueira em suas mãos e soprou seu hálito. Quando as abriu, a história se desenrolou diante dos olhos de todos e o macaco continuou: — Muitos caminhavam sem medo pela selva e vinham beber da água da fonte, que ficava dentro de um templo antigo. Se fossem velhos, fracos ou doentes, seu caminho era ainda mais fácil e levava direto a seu destino. Ninguém era negado. Quando bebiam da água, ela os fortalecia e curava seus males. Qualquer problema ou ferimento que tivessem era curado no mesmo momento e nenhuma maldição resistia a seu toque.

A fumaça tinha um tom suave e um perfume aromático, que logo mudariam.

— Um dia, ele chegou e a selva fechou sua passagem, mas o feiticeiro forçou seu caminho com raios e fogo, e a selva teve que ceder. Ele trazia um homem consigo e o levou até a fonte. Pensando que seu objetivo era curá-lo, a selva se abriu nos últimos metros. Porém, ao chegar à beira da fonte, o feiticeiro pegou uma faca, cortou a garganta da vítima e jogou seu corpo lá no fundo. Quando o sangue jorrou, as águas ficaram turvas. Naquele dia, o céu escureceu e as sombras da selva se tornaram perigosas. O feiticeiro pegou uma grande quantidade das águas e levou consigo. Quando os animais bebiam da fonte, morriam. Mas aqueles que tocavam suas águas sem as beber continuavam se curando. Talvez a fonte ainda estivesse brigando consigo mesma para não causar o mal.

Os companheiros viram a fumaça se adensando enquanto tomava a forma de história e subiu um calafrio por seus corpos quando o cheiro se tornou sufocante e pútrido.

— O feiticeiro voltou diversas vezes, até que um dia trouxe os homens-hienas e os deixou guardando o templo que, sem cuidados, passou a desmoronar. Hoje há pouco mais do que paredes corroídas e um teto precário, mas os homens-hienas ainda se mantêm em seus postos, atacando qualquer viajante incauto que insista em chegar até a fonte.

— Com estas últimas palavras, a fumaça se dissipou, deixando uma sensação desagradável no ar.

Quando terminou sua história, o macaquinho pareceu sair de um transe, assim como a griô.

— Era você falando através dele, não era? — Dalji tinha desconfiança na voz.

— É a única maneira de contar uma história sem que se realize. — A griô deu de ombros. A guerreira segurou o braço da contadora de histórias, mas esta apenas disse: — Certa vez, Ananse criou uma boneca de piche... — As mãos de Dalji se grudaram à griô de tal forma que ela não podia soltar, mas a guardiã armou uma rasteira que levaria ambas ao chão, quando a princesa lhes deu uma bronca, em voz baixa:

— Chega! Vocês estão loucas de brigar em território inimigo?

Enme encerrou sua história e seu braço voltou ao normal. Dalji pediu desculpas a Nnedi, mas não as estendeu à idosa.

— É esta selva. Ela já começou a nos fazer mal — disse Jamari. O macaco-verde balançou a cabeça, concordando com o pastor, e as sombras ao redor tremularam como se em resposta afirmativa.

Resolveram alongar a pausa. Comeram frutas, carne e algumas raízes. Beberam da água que traziam e decidiram dormir um pouco. Não sabiam se estavam perto ou longe e era melhor estarem atentos para a noite, quando seria ainda mais difícil enxergar perigos. Organizaram-se em dois turnos: a guardiã e a griô seriam as primeiras a ficar de guarda, pois Dalji desconfiava cada vez mais de Enme. Jafari e Nnedi se recolheram logo para cantos separados. O pastor olhou bem para ver se não se deitava sobre formigas, urtigas ou algo do tipo. Estendeu uma capa que tirou da mochila e estremeceu ao tocar em outra parte do conteúdo, uma rede feita com os pelos da cabra possuída. Já havia tentado se livrar da peça muitas vezes, mas ela sempre voltava para suas mãos, assim como as facas de chifre que ele carregava. Apesar de tudo, o rapaz logo dormiu um sono inquieto, mas profundo. O macaco deitou-se ao seu lado e caiu no sono em seguida.

Nnedi não dormiu de imediato. Desamarrou a capulana com muito cuidado e aliviou o peso do irmão, que não era tanto, ainda que transformado em pedra. Udochi tinha uma expressão serena, a mesma de quando o feiticeiro o atacou no sono. Diante disso, a princesa sentiu seu coração derreter e algumas lágrimas vieram ao seu rosto. Ela abraçou a estátua com carinho e a manteve perto de si o tempo todo até adormecer, não sem antes renovar sua promessa:

— Eu vou trazer você de volta, irmãozinho. Custe o que custar.

A princesa acordou com um susto e cheiro de hálito pútrido. Antes que pudesse esboçar uma reação, alguém tampou sua boca. Ela mordeu com força e ouviu um ruído abafado de dor. Quando sua visão se acostumou ao escuro da noite, percebeu que era Jafari quem a silenciava. Ele apontou para uma distância curta, onde dois homens-hienas caminhavam, depois retirou sua mão e a segurou próximo ao peito, mas a princesa não lhe deu muita atenção, pois a dirigia para as criaturas hediondas que aparentemente não haviam visto seu grupo. Tinham o aspecto de hienas, com grandes orelhas arredondadas, pelo malhado, pequenos olhos cheios de malícia e um falso sorriso cercado de presas. Mas andavam sobre duas pernas e seus corpos tinham formas quase humanas. Por sorte, o grupo estava contra o vento, ou seriam as criaturas a sentir o cheiro de todos.

Olhou para o macaco, mas ele não se movia nem atrevia a abrir a boca, com ainda mais medo do que eles.

Assim que as bestas se foram, Nnedi agarrou seu irmão e procurou por Dalji e Enme. A griô deixou de ser a árvore grossa que os protegia da visão das hienas para voltar à forma humana. A guardiã apareceu em seguida, da mesma direção da qual as criaturas vinham. Antes que a princesa reclamasse do abandono, Dalji disse:

— Descobri de onde eles vêm, mas esta não é uma boa notícia. Os monstros vigiam o templo de perto e há, pelo menos, uma dezena em volta dele.

Nnedi entrou em desespero:

— Não posso fazer isso! Mesmo que consiga me esgueirar e colocar Udochi na fonte, não sei se consigo protegê-lo daquelas criaturas depois que meu irmão voltar ao normal.

— Precisamos de uma abordagem diferente — a guardiã disse. — Ou os distraímos ou os enfrentamos de frente e acabamos com todos até que seja seguro para o príncipe voltar à vida. O problema é que somos poucos. — Dalji pinçou o espaço entre as sobrancelhas com os dedos enquanto pensava. Havia poucos recursos ou pessoal para que qualquer estratégia fosse segura. Dentre todos os semi-humanos, os homens-hienas eram alguns dos mais cruéis.

E fiéis demais a seu dono para traí-lo.

— Vocês podem ir por cima — disse o macaco. — Já faz tempo que uma parte do teto do templo caiu bem perto da fonte.

Quando todos se voltaram para ele, o macaco explicou. Com a deterioração do templo, algumas paredes e colunas apodreceram e uma delas caiu, levando parte do teto junto, o que bloqueou uma das entradas do lugar e nenhum dos homens-hienas fazia guarda por lá.

Aceitaram a sugestão do macaco e se puseram a fazer planos.

— Aguardemos o amanhecer — disse Dalji. — Essas são criaturas noturnas e teremos mais vantagem durante o dia. Depois disso, o macaco nos guiará até a parte não vigiada no templo. Daí, desceremos a princesa. Em seguida, Jafari e eu chamaremos a atenção das bestas. Ele correrá para longe e eu me certificarei que nenhum deles a veja, mesmo que precise lutar para isso.

— Eu também preciso entrar na fonte! — Jafari protestou.

— Depois que a princesa e o príncipe estiverem a salvo, prometo que o ajudo a se banhar na fonte. Tem minha palavra.

O pastor de cabras se calou, a contragosto, mas sabia que a guardiã não faltaria com a promessa.

— Posso descer Nnedi com minha magia — disse a griô.

— Ainda não confio em você, mas é nossa única opção. Faremos como diz. Porém, se algo acontecer a ela...

— Você esquece que sei como me defender, guardiã. — Nnedi dispensou as desculpas que sabia que viriam. Não tinha paciência para aquilo e a única coisa que importava era que seu irmão voltasse a ser quem era.

Puseram-se em marcha quando o sol estava mais alto. A selva fazia de tudo para impedir o avanço do grupo. Caminhos se fechavam e abriam de forma aleatória na trilha, os levando para longe da entrada e ainda mais longe de seu objetivo. Outra vez, a princesa tirou um longo fio do turbante, o amarrou em uma árvore e o desenrolou pelo caminho. Ela também ordenou ao macaco que os guiasse pelo alto das árvores e o poder do colar não permitiu que a criatura questionasse. Ainda assim, a caminhada se provou árdua, pois o mato e as plantas rasteiras continuavam a persegui-los e as lâminas de Jafari e Dalji não eram suficientes para dar conta. Com uma de suas histórias, Enme se tornou uma miríade de formigas e ajudou a limpar o caminho.

Quando chegaram ao coração da selva, encontraram a sombra do que o templo fora um dia. Seus muros de pedra estavam tomados por plantas e musgos, bem como boa parte do piso. O ar de abandono só não era maior por conta dos homens-hienas que patrulhavam ao redor. As criaturas malcheirosas eram idênticas às que viram antes e tinham o mesmo ar sanguinário. Havia inimigos demais para que os enfrentassem e decidiram manter o plano de Dalji. O macaco os guiou até os fundos do templo onde, com efeito, havia uma parede desabada. Não era possível escalá-la, mas a griô se adiantou para iniciar uma história.

De repente, ouviram risadas ensandecidas e três das bestas avançaram com velocidade. O vento mudara de direção, os entregando.

A griô não perdeu tempo.

— Certa vez, Ananse fez uma teia de prata que ia do chão ao céu e por ela subiu. — Quando ela falou estas palavras, uma imensa teia surgiu. Todos subiram por ela até o topo do templo. Quando os homens-hienas tentaram, a teia ficou grudenta e eles não conseguiram avançar, mesmo subindo uns por sobre os outros, à medida que reforços surgiram. Não havia mais tempo para sutilezas.

Todos desceram pela teia de magia de Enme até o que parecia um altar, com restos de antigas oferendas, já destruído pela ação do tempo e do teto desabado. Ensaiaram uma corrida até a fonte, mas, alertados por seus irmãos, os guardas no interior do templo avançaram sobre o grupo e se interpuseram entre eles e seu objetivo, a apenas alguns metros de distância.

A fonte redonda era toda de obsidiana polida e tinha por volta de seis metros de diâmetro, com degraus no centro que levavam a um chafariz. Apesar de sua beleza inigualável, cheirava quase tão mal quanto seus guardiões. Suas águas pareciam lodo de tão turvas, e em nada lembrava um lugar de cura.

Dalji correu à frente, bateu seus braceletes e liberou uma onda de choque que empurrou a maioria dos monstros para longe, além de libertar sua lança e escudo na hora em que um dos homens-hienas pulou sobre ela. A criatura abocanhou o escudo com força, mas o ébano mineralizado e reforçado com magia destruiu seus dentes, dando tempo para que a guerreira enfiasse a lança do mesmo material em seu coração. Arrancando a arma do corpo da besta, a guardiã buscou seus companheiros com os olhos, mas uma barreira intransponível de inimigos se movia contra ela. Fazendo preces ao Caçador, a mulher urrou e se lançou contra os monstros. Sua lança os mantinha a média distância e os que se atreviam a chegar muito perto encontravam seu fim na ponta da arma. Dalji se movia no compasso de uma dança da morte, bloqueando com o escudo, rolando para longe de presas e garras e estocando sempre que encontrava carne. Seu corpo conheceu muito sangue, mas nenhum era dela. A guerreira se concentrava na luta, mas tudo o que fazia era para recuar até a princesa e conseguir protegê-la. Não que Nnedi estivesse tão indefesa.

A princesa desenhou no ar e formou adinkras com sua magia real. As formas *eban* criaram uma área que isolou a ela, ao macaco e a seu irmão dos homens-hienas. A mão direita sustentava a proteção, enquanto a esquerda fazia os ataques com os espinhos da forma *fofo*, mas estes pouco atordoavam ou machucavam as feras, pois a princesa não conseguia executar as duas magias com perfeição. Atacar com tudo seria se expôr a um perigo muito maior.

De alguma forma, Jafari estava conseguindo se defender, mas a própria maldição não dava trégua. A rede feita com a pelagem da cabra possuída parecia ter vida própria e se enroscava no que havia ao alcance. Às vezes, era um homem-hiena. Outras, o próprio Jafari. As facas pularam para suas mãos assim que a luta começou e o puxavam de um lado a outro, sempre o jogando na direção das feras. Os cortes e estocadas eram precisos, ele tinha de admitir, mas o pastor estava sempre a um fio de ser atingido.

Enme cantarolou em uma língua quase esquecida o conto de uma mulher que se tornou rinoceronte e derrotou as hienas. A história tomou forma e a própria griô se transformou no animal. Ela avançou em direção aos homens-hienas, os chacoalhando para longe. Alguns deles caíram na fonte e, com a surpresa, engoliram a água. Seus corpos ficaram turvos como o líquido e se desfizeram. Dois submergiram mas prenderam a respiração a tempo. Quando saíram da fonte, seus corpos tremeram e os pelos de hienas caíram, as feições retrocederam e seus corpos se ajustaram. Eles se tornaram humanos. E humanos que tanto a princesa quanto sua guardiã conheciam. Aqueles eram soldados reais amaldiçoados pelo feiticeiro.

Nnedi quase se desconcentrou de susto, mas não houve tempo de comemorar o retorno dos soldados. Assim que os viram como humanos, seus ex-companheiros os dilaceraram com suas presas e garras. A maldição agia forte em suas mentes.

Dalji urrou de raiva e redobrou seus esforços, mas os músculos começavam a pesar. Ela era apenas uma contra a alcateia e sua energia não duraria por muito mais tempo. Um dos inimigos conseguiu derrubá-la e estava prestes a rasgar seu ventre quando as pontas duplas das facas de chifre de Jafari surgiram de seu peito. O rapaz amparou a guerreira e ambos retrocederam até a proteção da princesa. Várias feras jaziam no chão, mas o espírito de luta da guardiã havia diminuído ao perceber que aqueles eram seus irmãos de armas. De toda forma, seus números ainda eram grandes demais.

A contadora de histórias também retrocedeu e a quantidade extra de pessoas fez com que Nnedi abandonasse os ataques para redobrar os esforços na manutenção da barreira mágica.

— Não vou aguentar manter esta barreira por muito tempo. Estou ficando sem energia! — ela gritou.

— Perdoe-me, Alteza. Meu plano fracassou. Não consigo nos defender por tempo suficiente. Precisamos ir embora.

A princesa vacilou ante as palavras de sua guardiã. Estavam perto demais para retroceder, mas permanecer naquele local seria suicídio. Virou-se para pedir a Enme que os levasse de volta.

A griô soltou a respiração e decidiu que não podia esconder mais nada:

— Tenho outro motivo para trazer vocês aqui, pois quero purificar a fonte e reverter o dano que o feiticeiro causou. Se ela se tornar abençoada outra vez, nunca mais será amaldiçoada de novo e a selva se recuperará. Porém, precisamos de sangue inocente para isso. E seu irmão é a melhor opção, princesa.

Nnedi se virou para ela com tanta fúria que quase quebrou a proteção dos adinkras, mas foi Dalji quem apontou sua lança para a garganta da mulher e rosnou:

— Nem pense nisso, bruxa! Eu morreria antes de deixar que você mate o pequeno príncipe.

Enme se manteve calma, mas tentou argumentar:

— Nós não vamos matar a criança, mas apenas pensem na cura que podemos trazer para todas as pessoas. E o feiticeiro perderia uma fonte de poder!

Jafari suspirou e limpou a garganta, chamando a atenção das outras:

— Agora sei qual é meu objetivo nesta jornada. De quanto sangue precisam?

— Pastor, você não acha que eu posso conceber... — Nnedi tentou argumentar.

— Nunca dormi com pessoa alguma. Nunca fiz mal a pessoa alguma. Sou a melhor chance que vocês têm de uma pessoa pura. Exceto seu irmão, mas ninguém quer sangrar uma criança, não é? Eu vou, não se preocupem. Era minha sina chegar até aqui. De alguma forma, minha maldição me empurrou até vocês e até este lugar. Talvez faça sentido minha jornada se encerrar desta forma.

A griô assentiu e, embora as outras duas e o macaco tentassem impedi-lo, o rapaz correu para fora da barreira de proteção e para o centro do templo. Ele usava a rede e as facas para se defender, rolava para fora dos ataques, mas as criaturas ainda eram muitas e sua maldição enfim o alcançou. Um homem-hiena arrancou um pedaço de seu braço com as presas, outros o rasgaram com suas garras. Jafari gritou e quase caiu no chão, permitindo que terminassem o trabalho. Mesmo assim, venceu os últimos passos até seu destino.

Jafari se atirou na fonte. Era mais funda do que parecia. O sangue jorrava de suas feridas, mas ele não tentava contê-lo. Onde tocava, o sangue fazia a água ficar mais clara, mas não rápido o bastante. O pastor de cabras tomou uma decisão: abriu a boca e engoliu o líquido. Seu corpo convulsionou e se liquefez. Mas, desta vez, a água não ficou turva. Ela se purificou e se tornou cristalina, junto à da fonte.

Não houve tempo para chorar ou gritar por ele. Vendo o que aconteceu, Enme gritou para as companheiras:

— Rápido! Joguem a água sobre essas criaturas! — As duas hesitaram. — Confiem em Jafari!

Tomando sua decisão, a princesa desfez sua barreira. As mulheres correram até a fonte, entraram nela e jogaram seu líquido sobre os homens-hienas. Todos caíram no chão e se contorceram. Porém, em vez de feri-los, a água os purificou e eles passaram pelo mesmo processo que seus irmãos pouco antes.

Naquele momento, a capulana da princesa se abriu e a estátua de pedra de seu irmão caiu no fundo da fonte. Nnedi se virou para segurá-la, porém parte da água assumiu forma humana e levantou com a criança de pedra no colo. À medida que a pedra se tornava carne, também a água o fazia. Udochi e Jafari estavam de volta.

— Como isso é possível? — perguntou a princesa.

— Esta água purificada não deseja vidas. Apenas curar. Quando eu me sacrifiquei, ela foi outra vez abençoada. Aqueles que caíram antes disso não retornarão, mas ninguém mais morrerá por efeito dela. O poder maligno acabou, não importa a que distância seu líquido esteja.

— Isso quer dizer que...

— Que quaisquer reservas que o feiticeiro tenha são inúteis agora — disse o pastor revivido.

Nnedi respirou aliviada, mas teve uma surpresa ao olhar para Udochi. As pontas de seus dedos e as costas das mãos estavam brilhando com um pó muito escuro, da cor da obsidiana. Ela esfregou, mas não conseguiu tirá-lo e parou antes que machucasse o bebê.

A griô olhou o menino com cuidado e deu sua sentença:

— Não há problemas, pois o pó é magia da fonte e isso significa que a criança tem um grande destino pela frente, talvez tão mágico quanto o da irmã.

Nnedi chorou de felicidade ao ver o rostinho de seu irmão voltar à vida e sorrir para ela. Ainda faltava destruir o feiticeiro e vingar sua família. Além disso, o reino precisaria se reerguer. Mas aqueles eram pensamentos para outro dia. Tinha seu irmão e alguns dos soldados de volta. Podia, ao menos, comemorar aquela pequena vitória.

O Tirano e a Princesa

SAMUEL NGOLATÍM

Reza a lenda que antes da matéria existia uma força que teria criado o Universo à sua imagem e semelhança. Os ancestrais a chamaram de Asset, porque ela era a causa e o fim de tudo. Sua primeira forma era reconhecida como o espírito e o princípio da mudança. Já a segunda forma se substanciou no primeiro ser material. Asset gerou Av Netin Saurud com seu grande poder presente tanto na primeira quanto na segunda forma. Por sua vez, Av Netin Saurud ("dragoa anciã das criaturas materiais") fez a galáxia pelo seu exuberante poder de criação. Porém, diferente dela, os seus três irmãos menores abominavam tudo o que ela criava, pois a eles não havia sido concedido o poder da criação da primeira e da segunda ordem da parte do seu progenitor, que era a criação material e espiritual. Sentindo-se ameaçada, Av Netin Saurud inovou, engendrando a família sintética de guerreiros Beluiu para que protegessem outras de suas criações. Durante milênios, a família Beluiu travou imensas batalhas, principalmente contra Xep'Saurud, um dos irmãos de Av Netin Saurud, que era capaz de se transmutar em humano e outras criaturas. Diferente de Xep'Saurud, Thuh'Zur, outro dos três irmãos, tinha o poder da reprodução. Assim, o poder de Xep'Saurud associado ao de Thuh'Zur criou a primeira raça de mestiços, os Colver'Saur ("homens-lagartos"), graças a Yor'Saurud — o Saurud do conhecimento —, o segundo dos três irmãos, exímio em encantamentos. Os Xep'Saurud herdaram o poder dos Saurud ("dragões"), que abrangiam magia, força, agilidade e sagacidade sobre-humana. No entanto, obtiveram também a fraqueza e a forma de seres humanos.

Depois de alguns anos, Yor'Saurud descobriu um jeito de tornar seu irmão Thuh'zur em humano com sangue de um descendente da família Colver'Saur e um descendente de uma linhagem real de sangue e coração puro que tivesse vinculada aos Beluiu. A razão pela qual se dispôs a tal descoberta era a inveja dos Beluiu e dos humanos em geral; além disso, ele sabia que Thuh'zur poderia renascer vinculado a Av Netin Saurud e a Asset, drenando mais do seu poder espiritual e consequentemente material, podendo ser capaz de resistir às criaturas da floresta Ajet Auset e usufruir de níveis de magia permitida apenas aos Beluiu. Esse vínculo seria um espírito humano que, associado à alta magia dele, podia preservar parte do poder de Saurud e realizar sua vingança contra sua irmã e sua progenitora, reunindo em Thuh'zur todo poder necessário — a mutação de Xep'Saurud, a alta magia (alquimia dos Saurud, que compreendia a manipulação da matéria e espírito) de Yor'saurud e possivelmente o poder dos Beluiu.

Os homens, apesar de viverem pouco tempo, pareciam felizes independentemente do quanto a vida lhes fustigasse. E só eles, ainda que exígua a frequência da sua conexão fantasmagórica com Asset — suas conexões espirituais — ou a anciã, podiam ascender em poder espiritual, além de poderem se reproduzir.

Após a criação dos Colver'Saur, por séculos Xep'Saurud travou batalhas contra os Beluiu e o restante da humanidade, mas suas tentativas de subjugar os inimigos acabavam frustradas quando se misturavam aos povos vencidos, porque a aparência monstruosa de seu exército favorecia a rebelião. Nem todos os reinos da terra aplaudiam a convivência entre os monstros, sobretudo os liderados por Xep'Saurud e os humanos. Por conta desse desconforto, muitos monstros reprimiam outras espécies dentro de seu território.

Não obstante, o exército de Xep'Saurud continuava se multiplicando. Os Colver'Saur sequestravam humanos para reprodução, porque, segundo eles, era a forma ideal para se introduzirem na comunidade dos colver ("humanos"), pois a via uterina era tida como canal sagrado para tal inserção. Thuh'Zur, aliada de Xep'Saurud, desenvolveu uma tecnologia baseada no genoma humano e no dos Saurud para modificar os Colver'Saur. Dentro desse processo, foram geradas três classes de mestiços:

Ocn'Saurud ou os Filhos de Lagartos: faziam parte do grupo dos generais, capitães e outros superintendentes que possuíam poder "dracônico" do mais alto nível. Eram esbeltos, pareciam humanos, mas tinham cauda de serpente ou tentáculos, dependendo de que habilidades lhes era conferida. Mediam até 12 metros de altura, eram vermelhos, negros ou púrpura, podiam transmutar-se totalmente em um dragão de até 25 metros.

Ocn'Colver'Saurud: descendentes dos Colver'Saur que ocupavam cargos administrativos proeminentes, pois haviam herdado sua astúcia e perícia. Mediam até 8 metros, eram diversificados como o arco-íris. Podiam transmutar seus rostos, membros superiores e inferiores. Cuspiam fogo e outros elementos, e possuíam dois chifres pequenos na cabeças.

Colver'Belur'Saurud: soldados de infantaria. Podiam usar todos os elementos da natureza, possuíam uma cauda longa e apenas um chifre semelhante aos de um cordeiro.

A transmutação dos Saurud só podia acontecer se eles usassem um dos três tipos de cristais feitos dos milhares de fragmentos da Av Netin Saurud que se espalharam ao redor do mundo após sua destruição misteriosa e pouco comentada nos mitos. Os Saurud ao se eletrizarem com os cristais ao quebrá-los, libertavam deles vapores químicos de três tipos. Era necessário escolher o fragmento certo para cada classe: os cristais roxos serviam para os Ocn'Saurud, os pretos para os Colver'Saurud e os brancos para os Colver'Belur'Saurud. A cor do cristal definia a fumaça que seria expelida; as partículas de fumaça entravam pelas vias nasais, sendo liberadas pelos poros e modificando a forma e o tamanho do corpo de cada um dos Saurud, conforme a sua genética. Esses fragmentos de Saurud compõem o corpo real da anciã dragoa que se desfragmentou para que não fosse totalmente assimilada por Xep'Saurud. Ela acreditava que os Beluiu seriam capazes de recuperar as partes de si e usá-las contra seus irmãos até o dia da sua ressurreição.

Os Saurud modificados integraram as novas fileiras do exército de Xep'Saurud, tornando-o mais perigoso e terrível. Os irmãos Saurud queriam dominar o mundo e ver toda a obra de Av Netin Saurud perecer. Já eram capazes de subverter os territórios que não os espirituais e os Beluiu, mas tudo que almejavam era tomar posse e ver toda obra da Av Netin Saurud rejeitá-la — todas as criaturas criadas por ela. Eles planejavam eliminar a força militar dos homens e dos Beluiu. Seu plano incluía também o restante da criação de sua irmã, que contava com as criaturas espirituais que haviam migrado para a Terra e os animais da grande floresta de Ausar.

Em várias partes do mundo se ouviam relatos de saques e raptos. Os Colver'Saurud e seus exércitos, depois dos saques, seguiam sempre em direção às grandes montanhas ao nordeste do país de Daix ("prata") ou das temidas Bersin Zumm ("berço de trevas") e ninguém ousava segui-los.

Quando menos as grandes nações esperavam, houve uma grande invasão de todos os territórios que faziam fronteira com o país de Daix. Com o aumento contínuo das invasões, as cidades do país de Daix foram evacuadas com a ajuda de aventureiros. Entre eles estavam os conhecidos antílopes caçadores, criaturas esbeltas com um par de patas e um par de braços fortes semelhante aos de gorilas. Geralmente transportavam alguns encantadores especialistas e arcos mágicos que disparavam energia solar; eles usavam um equipamento feito com fragmentos da Av Netin Saurud para acumular energia e ter luz no escuro. Entre os aventureiros também existiam os magos pombos, de pés de serpentes ou de rato, e de asas com cinco articulações, fato que permitia muita destreza com uma complexa bazuca de metais e cristais poderosos. Eram altos e raramente robustos, apresentavam variedade de cores, falavam pouco e eram excelentes vigias. Sua penugem mágica podia mudar de elemento. Além deles, ainda estavam nas fileiras de defesa os humanos raptores, especialistas em estratégia e excelentes espiões. Os humanos raptores tinham cabeças achatadas, ombros curtos e quadril alargado. Eram muito velozes e excelentes bombistas.

Estes grupos de aventureiros costumavam ser compostos por cinco integrantes: um artilheiro de armas físicas, um homem do reconhecimento, um estrategista, um mago artilheiro de armas espirituais e um curandeiro.

As fontes de suprimentos de várias nações haviam sido confiscadas e a guerra formava um exército de esfomeados sobre a terra. Os reinos mais fortes recebiam refugiados de todos os outros reinos. A princípio esses refugiados eram acolhidos, mas isso não significava o seu bem-estar. Em outros lugares eram repelidos belicamente, e aqueles que escapavam precisavam sobreviver da maneira que era possível.

O país de Daix havia enviado quinze dos seus espiões para as terras sob o domínio dos Saurud, os quais se surpreenderam com os números de almas acopladas aos exércitos dos inimigos. Mulheres, homens, velhos e crianças eram aprisionados e dominados pelo poder dos irmãos.

As trevas já estavam tomando posse de vários lugares ao redor do mundo, tornando-se Ajet'Saurud uma nação real e poderosa que submetia as outras nações ao seu poderio.

O desenvolvimento dos Saurud estava aterrorizando a Terra em seus seis continentes: Ajet Gox ("terra das águas"), Netin Ajet Colver ("grande terra dos homens"), Ajet Naqad ("terra dos cristais"), Ajet yor'met ("terra dos rejeitados"), Ajet Opcur ("terra dos ocultos") e Ajet Auset ("terra da natureza"), também conhecido como Ajet oen yomm ("terra do sangue puro").

Em meio à guerra, Xep'Saurud apaixonou-se pela filha do rei Liwr ("que reina"), a Tureriya ("graciosa"), uma mulher linda de olhos rasgados e longos cabelos negros. Thuh'Zur e Yor'Saurud, os outros irmãos de Av Netin Saurud, tentaram avisar Xep'Saurud sobre o perigo de amar uma criatura inferior, mas Xep'Saurud não deu ouvidos, porque acreditava que seu poderio militar poderia conquistar tudo aquilo que desejasse.

Xep'Saurud transformou-se em humano e visitou o reino de Taix, local onde vivia Tureriya. Investigou o local e instalou-se no palácio real sem revelar a sua identidade. Diante do rei Liwr propôs um acordo de paz. Mas o rei o rejeitou repetidas vezes. Aborrecido com a decisão, Xep'Saurud o ameaçou e logo em seguida deu início à guerra que marcou para sempre a consciência das pessoas daquele país com a morte de um grande guerreiro: Puoyamm, o pai de Facut, um dos três anciões principais dos Beluiu da época.

Aterrorizados pelas ações de Xep'Saurud, os aliados tentaram revidar. Praitor e onze Beluiu realizaram uma investida contra os Saurud conseguindo libertar diversos cativos em todo território de Naqad. Com isso, conseguiram se aliar a vários aventureiros que estavam empenhados em ferir a logística e suprimento dos Saurud. Quando pareciam fortalecidos, Praitor e sua comitiva sofreram uma emboscada. O herói acabou perdendo parte de sua memória e foi levado para ser treinado e alimentado como um Saurud.

Ao saberem do aprisionamento de Praitor, uma comitiva de Beluiu foi enviada com o objetivo de resgatá-lo, mas esta não concluiu a missão e pereceu nas mãos dos inimigos.

Dias depois, o reino de Taix foi emboscado e a princesa Tureriya, feita refém. Como resposta pelo ocorrido, o rei Liwr enviou um exército de mil homens e outras criaturas mágicas (cavalos abatedores, antílopes de infantaria, camaleões de três escamas e plantas encantadoras) em resgate da princesa, mas este foi vencido pela força de Xep'Saurud. Descobriu-se, porém, que Praitor, desmemoriado, estava lutando ao lado do inimigo.

Desesperado com as repetidas derrotas, o rei Liwr ordenou que mais soldados se encaminhassem para o campo de batalha para defender o seu território. Contudo, seu novo exército foi vencido. Os Saurud atacaram Taix de todas as direções, colocando-o em cerco.

Depois da perda de vários dos melhores homens dos Beluiu, setenta adolescentes foram recrutados e disciplinados de maneira intensiva para se juntarem às guerreiras magas que sobraram: Tucnreriya ("aquela que nasceu graciosa"), Pucnoyara ("como crocodilo"), Ucnriammera ("como águia"; "visionária"; "divina").

Essas três guerreiras eram proficientes em magia explosiva, invocação e metamorfose. Cada uma delas ocupava um dos três pontos cardeais de Taix e lutavam com bravura contra o exército dos Saurud.

Tucnreriya era a mais serena delas e tinha longos cabelos escarlate. Seu uniforme consistia em um vestido de algodão com bordas onduladas e alça em apenas um dos ombros, além de sua caneleira mágica e sandálias de sola espessa. Usava um colar de topázio no pescoço e uma pulseira com uma pedra de diamante que balançava no ar. Sua voz era delicada, mas sua força física e espiritual era surpreendente.

Pucnoyara, conhecida pelos jovens Beluiu como uma mulher áspera, era negra e esbelta. Vestia uma armadura de escama de dragão roxo que a cobria dos pés à cabeça, porém deixava seu cabelo negro para fora. Carregava sempre um anel com magia de cura para ajudá-la com os ferimentos no campo de batalha e sua voz era ainda mais delicada do que da Tucnreriya, mas isso não significava que fosse a mais sensível.

U̲c̲n̲riammera era especialista em magia de invocação, a mais frágil fisicamente e a mais eficiente dentre as três. Seus cabelos curtos — um pouco abaixo do ouvido — eram luminosos como a pura luz do sol. Vestia sobre o corpo magro um manto espiritual de luz escura com ondas que lembravam o mar e nele havia estrelas luminosas acendendo. Sua voz alcançava um registro grave.

Com a resistência instaurada pelas magas e os novos recrutas, os Saurud haviam recuado e por três dias Taix não foi acometida pelas suas investidas. Em consequência da trégua, vários aventureiros haviam penetrado o reino e se oferecido ao rei Liwr para uma incursão de resgate da princesa Tureriya. O rei, não pensando duas vezes, permitiu que alguns voluntários tentassem o resgate.

Os Saurud estavam a caminho de Bersin Zumm, mais para o lado sudoeste de Daix, prestes a subir numa embarcação para atravessar o grande mar Timum Maza. Com um ataque surpresa, os aventureiros conseguiram invadir a embarcação dos Saurud e trazer a princesa de volta para Taix. A equipe de resgate conseguiu sobrepor o regimento dos Saurud por onde aguardavam a chegada de Praitor e Yor'Saurud para que levassem a princesa ao seu reino.

Depois da princesa ter retornado para Taix, a pedido de alguns aliados do rei Liwr, os aventureiros, com a ajuda de cinco Beluiu, realizaram uma segunda investida contra alguns territórios colonizados pelos Saurud que detinham a produção de armas mágicas, exploração de fragmentos e alimento para o sustento de várias famílias nos arredores de Taix. Em um dos territórios se localizava um grande mercado que favorecia tanto Taix quando Daix e outras nações. Os heróis voltaram para as suas pátrias após sua segunda vitória.

Os tempos ainda eram difíceis, de modo que não podiam baixar a guarda. Sentinelas sempre vigiavam os grandes muros de Taix com suas máquinas mágicas que ampliavam a visão e eram capazes de detectar a quantidade de energia espiritual que uma criatura possuía. Assim, eles podiam distinguir espécies e se precaver de invasões. Essas máquinas podiam enxergar até mil quilômetros de distância com nitidez e viam através dos objetos.

Quando a princesa foi devolvida ao seu lar, o seu irmão menor traiu o reino, golpeando o governo do seu pai e oferecendo-o aos Saurud. Na calada da noite, Praitor e Xep'Saurud tomaram a cidade. A princesa foi feita prisioneira mais uma vez e levada até as montanhas dos Saurud. Todos os anciões de Taix foram aniquilados. Só restaram aqueles que haviam se ausentado em treinamento espiritual no santuário sagrado dos Beluiu, algures no continente Ajet Auset, nas entranhas da grande floresta dos espíritos.

Lá em Ajet Auset, trinta e dois Beluiu estavam se aperfeiçoando em magia de criação e invocação espiritual, manipulação de espíritos, matéria e aperfeiçoamento físico. Uriammer, filho de Sa'Puoyamm ("semelhante ao crocodilo místico"), estava se destacando assim como seu pai em magia de criação e invocação espiritual. O filho de Praitor, Fay'Shamar ("para proteger") se destacou em magia de manipulação de espíritos e matéria e, nesse retiro, tornaram-se grandes adversários, pois, para além de ambos revelarem interesse pela princesa do reino de Taix, Uriammer se destacou entre todos os Beluiu. Várias vezes Fay'Shamar tentou humilhá-lo, mas seu rival acabava sempre se sobressaindo. Eles também eram avaliados e estimulados no treinamento da dinâmica motora (habilidade de utilizar movimentos corretos dos membros superiores, inferiores e da boca para vocalizar perfeitamente os encantamentos), dinâmica técnica (velocidade com que se distribuía sua energia espiritual e manipulava a matéria) e resistência (o quanto podiam absorver energia solar, o que dependia de quanto a pineal de cada um podia resistir). Ficavam sete dias fixando o sol e sete noites absorvendo a energia lunar. Dessa forma, pretendiam manter o equilíbrio. Neste teste alguns Beluiu perdiam a visão e, quando isso acontecia, lhe atribuíam um guardião para que os orientasse.

Fay'Shamar havia perdido parcialmente a visão do olho direito e isso comprometeu sua posição desejada de guardião sênior de família. Eram especialistas em escolta e a sua determinação em proteger os Beluiu nunca o fez sucumbir aos desejos de traição. Era alto, mais formoso que Uriammer, tinha constituição física de soldado e vestia armadura colossal energizada com esfera de Saurud fabricada pelos ferreiros dos Beluiu. Essa armadura protegia o peitoral, os braços, os pés e a cabeça. Cada peça não era conectada completamente à outra, e entre elas havia um tecido negro de fibras que se parecia com alga marinha.

Mal sabia Fay'Shamar qual seria o seu destino. Quando ele e os outros trinta e um Beluiu chegaram por portais no subsolo de Taix, perceberam que algo havia mudado. Em busca de respostas, foram surpreendidos pelos guardas e levados ante a presença do novo rei, Liwr II, o irmão menor de Tureriya. Ao saberem da guerra travada com os Saurud, os trinta e dois Beluiu se enfureceram e desejaram vingança contra os inimigos.

O rei no dia seguinte os enviou para uma missão em que precisavam escoltar, acompanhados de uma parcela do exército, alguns remanescentes Beluiu e médicos de Taix para a província de mutu'pner. Ao chegarem lá, local onde se encontrava a maior escola de magia curativa do país, foram atacados pelos soldados do próprio rei, que os apunhalaram pelas costas. Quinze deles morreram em campo. Os outros foram levados para as masmorras de Taix, sendo submetidos à tortura. Junto dos remanescentes Beluiu, descobriram o que de fato ocorrera. Apesar de irados, nada podiam fazer, pois aquela cela feita de fragmentos Saurud anulava, aniquilava a vida e a mana. Cada dia mais esgotados, o rei visitava-os para debochar da situação de seus prisioneiros.

Naquele lugar sujo e úmido, estava um casal de anciões Beluiu idôneos. Eles decidiram ajudar os outros em uma fuga: sacrificando-se, eles se suicidaram em uma explosão de energia de mana. A explosão destruiu algumas grades da sela, o que possibilitou a fuga dos outros Beluiu através dos túneis do reino. Quando o rei ficou sabendo da fuga, ordenou que fossem perseguidos sem descanso. Contudo, não foram encontrados.

De volta para a floresta, os Beluiu sobreviventes se recuperaram. Alguns instrutores e protetores daquela região se uniram a eles com o intuito de formar aliança com outros reinos para tomar seu reino de volta. Taix representava o maior pilar, a segurança do mundo dos homens, porém, ao cair no abismo, a humanidade e até mesmo os espíritos correriam perigo.

Só que, assim como Daix e Taix, Vaix ("prata"), procurada para uma aliança, já estava sob o domínio dos Saurud. Os Beluiu e os sobreviventes foram novamente capturados e dessa vez levados diante da presença de Xep'Saurud em Bersin Zumm. O tirano os recebeu com música e dança, orgias e peças teatrais. Para se vangloriar e mostrar que não tinha medo dos inimigos Xep'Saurud revelou o seu objetivo para os Beluiu: ele desejava não só dominar a Terra, mas também eliminar o continente Ajet Ausar.

Xep'Saurud também contou que existiam dois Beluiu que tinham feito contrato com seres espirituais da floresta e que com eles desenvolveram uma conexão cósmica capaz de entrar em contato com Av Netin Saurud. Eles eram os únicos que conheciam a sua voz. Eram os iluminados, os profetas, os guardiões de sua vontade. Ela os ensinou a Dukxm Tot ("forja sagrada"), e eles fizeram as Iabdit Kod ("armas da vontade") e institucionalizaram a Dukxm Tot entre alguns Beluiu.

As armas da vontade eram lâminas que reagiam de acordo com os desejos daqueles que as manejam, que tinham coração puro e que tinham o princípio da vida Saurud como somente os Beluiu possuíam.

O princípio da vida Saurud era a energia vital da Av Netin Saurud que vibrava numa frequência específica. Ela dava aos Beluiu o poder espiritual e material dos Saurud e a capacidade de se nutrirem desses elementos, dando-lhes longevidade e privilégios em ambos os mundos.

Força de vontade era a única ferramenta que movia aquelas armas, associada a um grande desejo de justiça, porém apenas os possuidores do princípio Saurud podiam revelar seus reais poderes. Nenhuma adaga era melhor do que a outra, e sua força dependia do potencial espiritual do seu usuário. Existiam diversas adagas:

A Adaga Cabeça tinha os poderes elementares, os quais cobriam somente os componentes celestes como o vento, o pensamento, a intenção e os sentimentos, que são qualidade do espírito das criaturas. Também são componentes celestes o fogo (transcendência), luz e escuridão.

Já a Adaga Membro controlava elementos como terra, água, planta, metais e podia associar-se com o usuário como extensão do seu próprio poder. Porém, cobria apenas as mãos e pernas. Era acoplada por um encantamento de manipulação de matéria chamada: Jemm Tot ("membros sagrados").

A Adaga Asas, por sua vez, era a adaga da agilidade, que aumentava a capacidade do usuário em todos os sentidos. Era também a chave para conectar outras adagas, evoluindo para a forma perfeita, o Maat Jut ("o punidor justo").

Para finalizar, ainda existia a Adaga Cauda, que tinha o poder de eficiência da defesa e alguns truques para o ataque.

Surpreendidos com tais informações, aquele grupo de Beluiu não podia fazer nada, pois o seu destino estava determinado. Naquele momento, Xep'Saurud desafiou-os diante dos seus generais para mostrar a diferença de poder entre eles. Fay'Shamar pediu misericórdia e a oportunidade para se unir ao exército dos Saurud. Xep'Saurud aceitou e em troca pediu que eliminasse os seus amigos. Diante daquela encruzilhada, de joelhos no chão, ele aquiesceu, mas pediu que fosse feito no dia seguinte. Xep'Saurud concordou.

Naquela mesma noite, os prisioneiros de guerra dos Saurud foram expostos diante os céus, pois no dia seguinte mostrariam a sua vergonha ao sol durante os seus últimos minutos de vida.

Fay'Shamar tentou, durante a madrugada e apesar de os guardas de lá não dormirem, se comunicar por gestos com os outros Beluiu, mas eles não reagiram senão por lágrimas.

No dia seguinte, tudo estava pronto. Havia no pátio do gigantesco castelo de Xep'Saurud uma grande árvore espiritual que odiava os Beluiu. Ela fez pacto com Xep'Saurud para que fosse o destino final de todos eles.

Todos os prisioneiros estavam em posição, pendurados em galhos da árvore espiritual, que aprofundava suas raízes no mais íntimo da terra e em uma hora teria chegado ao mar subterrâneo de lava ardente sob Bersin Zumm. Enquanto isso, o sol estava se aproximando. Fay'Shamar acompanhava de longe a execução.

As raízes da árvore já estavam mergulhando no interior do rio subterrâneo e o enxofre estava subindo pelas raízes, pelo tronco, pelos galhos e ramos. Vindas do interior da Terra, pequenas hienas com pés de aranha subiram pela árvore para se deliciarem com os corpos dos prisioneiros.

A árvore começou a fumegar, luminosa, convertendo parte do fogo que se acendia em eletricidade. Estava se deleitando com a situação dos Beluiu; e as hienas-aranhas resistiam ao fogo. Tão logo o sol iluminou aquela região, o espírito que estava no olho ferido de Fay'Shamar se revelou, libertando um campo de energia temporal. Naquele momento, Praitor, seu pai, despertou: sua memória foi recuperada. O homem correu desesperado, com lágrimas nos olhos, em direção ao seu filho — que estava no terraço junto de Xep'Saurud —, derrubando todos ao seu redor.

Antes que Praitor o alcançasse, Fay'Shamar correu em direção à árvore, os seus olhos se iluminaram e ele se transformou numa lâmina de espaço-tempo, gerando um portal que teleportou os Beluiu que ainda viviam para o seu acampamento em Ajet Auset. Fay'Shamar se tornou novamente um simples corpo e caiu morto ao lado da árvore.

Os Beluiu, libertados e novamente na floresta, receberam instruções de um espírito sobre as adagas e os fragmentos de Av Netim Saurud. Com as adagas em seu poder, realizaram uma incursão contra os Saurud. Dessa vez, resgataram a princesa com a ajuda de Praitor, que se sacrificou para que eles pudessem fugir.

Reza a lenda que a perda da princesa não foi aceita por Xep'Saurud. Porém, naquele momento, ele tremia diante da possibilidade do retorno de sua irmã, Av Netin Saurud.

Os antigos contam a história dessa batalha épica entre os irmãos em raros pergaminhos espalhados pela Terra.

Desenho com Saco de Letras

SIMONE SAUERESSIG

O irmão Olaf estava guardando seu pequeno tesouro em forma de frasco em um esconderijo entre as madeiras do catre, ao lado do qual ardia um humilde sebo. Depois disso, ele planejava beber a poção que preparara com diligência no copo sobre a mesinha ao lado da cama, para encerrar seu dia com imagens oníricas exemplares e inspiradoras, que o ajudariam a completar as iluminuras já delineadas para o capítulo doze do Livro da Revelação — passagem que estava achando desafiante mesmo para sua imaginação exacerbada. Ele tinha passado as últimas horas recitando os versículos que separavam as Completas da Matina, junto a dois outros monges e estava cansado, depois de um dia especialmente tenso, como sempre o eram os dias em que se encontrava com Blazh. Mas tudo correra bem, mais uma vez, para o júbilo e a satisfação de ambos.

Bateram à porta da sua cela. Ele imobilizou-se. Como não ouviu nada do outro lado, decidiu fingir que já havia deitado. "Já estou dormindo", ele pensou enquanto terminava de arrumar as palhas sobre a madeira e o cobertor ralo sobre elas, o mais silencioso possível. Talvez o sujeito do outro lado da porta desistisse. Deus assim o quisesse, ele estava pregado.

Bateram de novo, dessa vez mais alto, dessa vez acompanhado de um chamado premente:

— Irmão Olaf? O senhor está acordado?

"Como se fosse possível dormir com um barulho desses", pensou o monge, irritado. Olhou por cima do ombro para a porta e uma dor, sua velha conhecida, impediu o movimento de se completar. A posição de seu braço sobre a mesa de cópias estava cobrando o seu preço. "A culpa também é minha", ele suspirou. "Quem mandou deixar o sebo aceso?" Ele sabia que as frestas iluminadas o delatavam. Não havia o que fazer. Olaf agarrou o sebo e se arrastou até a porta. Abriu uma estreita fenda entre a madeira e a parede de pedra, na esperança de que isso fizesse o irmão Túlio — porque a este pertencia a voz que o perturbara — compreender o quanto estava sendo inconveniente. A esperança do Homem, porém, é sempre vã.

— Graças a Deus! — gemeu o irmão Túlio quando viu o rosto macilento e mal-humorado de seu mentor. Olaf achou que ele estava ainda mais pálido do que o habitual, com as maçãs do rosto ainda mais encavadas. O irmão Túlio olhou por cima do ombro, prescrutando as sombras com uma expressão preocupada. — Irmão, eu... eu acho que...

Ele parou e encarou o mais velho. Chupou os lábios para dentro da boca quase sem dentes num movimento nervoso.

— Irmão Túlio, em que posso ajudá-lo nessas trevas avançadas da noite? — indagou Olaf, sublinhando o "avançadas".

— Não sei como começar.

Olaf respirou fundo. A paciência era uma dádiva que o Senhor tinha lhe dado em pouca medida.

— Acho que deixei o pergaminho no qual estava trabalhando sobre a mesa — o mais jovem resumiu. O outro piscou, ainda mais contrariado.

— Bem, isso não é um problema. Amanhã o senhor retomará o seu trabalho.

— Eu estava ilustrando o Livro das Horas da Irmã Micahela.

O silêncio seguiu as palavras de Túlio, como se isso dissesse tudo, mas Olaf não entendeu a urgência da voz do outro. Abriu a boca para admoestar o mais jovem, quando, em algum lugar das sombras distantes, julgou ouvir um ruído. Túlio estremeceu e olhou naquela direção outra vez.

— O senhor precisa entender, eu havia ilustrado um demônio.

— No livro da Irmã Micahela? Mas são orações para a Virgem. Ruins, que Deus a perdoe, mas, mesmo assim, não há nada demoníaco naquele texto a não ser as péssimas declinações!

— De fato, não há. Mas eu já tinha errado três vezes a mesma palavra. O pergaminho quase foi perdido! Parece um palimpsesto! Só podia ser coisa de Titivillus, maldito seja! Então eu o desenhei à margem, com a ideia de apagá-lo, para expurgar o trabalho. E então o sino tocou a Véspera, e o irmão Jachin decretou que devíamos deixar o trabalho imediatamente e nos dirigirmos à capela, então... não houve tempo... e o desenho ficou lá...

O irmão Olaf suspirou. Por que será que o abade Eleazer sempre lhe dava como aprendizes os jovens que não faziam a menor ideia do que era um texto escrito, os velhos que enxergavam mal, e supersticiosos que cheiravam a esterco de porco? Que pecados o superior via nele para lhe infringir semelhantes tormentos?

— Não sabia que o senhor já... conhecia... Titivillus — comentou, cansando. Túlio esboçou um sorriso nervoso que lhe devolveu por um instante os lábios finos e muito vermelhos. — Já havia trabalhado como copista antes?

— Bem...

— O irmão Filipe sabe disso?

— Eu não... — Olaf fez um bico mal iluminado pela vela. — ...não disse nada. Trabalhei como copista de textos latinos junto a um amigo.

Olaf respirou fundo. "Ah, o 'amigo', é isso!", pensou.

— Não sei aonde quer chegar, irmão Túlio. Estou cansado. Labutei o dia inteiro sobre um pergaminho particularmente difícil. Tenho dores no pescoço, o que não é uma reclamação, porque Deus sabe dos pecados que preciso expiar, mas eu gostaria de dormir, se o senhor não se importar. Não sei por que se preocupa tanto com um desenho que certamente poderá apagar amanhã. Se ficar alguma marca sobre o pergaminho, mostre-me, e poderemos encontrar uma solução. Tenho certeza que o Senhor...

O eco de um ruído ainda maior cortou a fala do irmão Olaf. Os dois homens se voltaram para as sombras que levavam ao *scriptorium* e o irmão Túlio estremeceu, torcendo as mãos com força.

— Ai, meu Jesus amado — gemeu.

— Não clamarás pelo nome do Senhor em vão — admoestou Olaf, sentindo o último resquício de paciência se esvair. A raposa devia ter voltado. Ou a ratazana. Ratazanas eram um problema no *scriptorium*. Um problema muito grande. Ele passou para o corredor e fechou a porta cuidadosamente. Ao voltar-se, viu Túlio espremido contra a parede oposta, rezando baixinho.

— Vamos ver o que está acontecendo por lá — ordenou. Túlio chegou a esboçar uma negativa, mas baixou a cabeça.

— Aqui é que pagamos o mal que fazemos — ele sussurrou, conformado, e seguiu o superior.

As trevas recuavam arreganha dentes diante da luz trêmula e tímida do sebo e o irmão Olaf pensou com pena e alívio na mezinha que deixara na cela. Pena, porque talvez a poção perdesse parte das propriedades; alívio, porque não gostaria de enfrentar as sombras gélidas sob o efeito dela. Os longos corredores multiplicavam formas estranhas que a pequena luz do sebo desenhava nas pedras nuas, e intensificavam os sopros frios do outono, amplificando os sons. Aquele que viera do *scriptorium*, sobretudo, estava deixando o irmão Olaf um tanto quanto nervoso. Parecia que alguém havia derrubado uma prateleira inteira de frascos de solventes. Agora um silêncio profundo e maldoso se espalhava como uma praga, porém mesmo isso era preferível a descobrir que o superior do mosteiro havia despertado, sobretudo em um dia em que se deveria ter fechado o *scriptorium* pessoalmente e se deixara a tarefa nas mãos de outro irmão, enquanto se escapulia para mercar o santo vinho da missa pela rosalgar seca, moída e herege, que Blazh trouxera ao recolher as cabras perto da gruta de Gersea, a mulher que vivia entre os animais, blasfemava e tramava contra o Senhor, honrando o significado de seu nome: a ursa.

A entrada do *scriptorium* ficava no final de um corredor que um dia fora externo e agora estava coberto por telhas de abeto. O próprio recinto era um tanto novo: um salão construído sobre o teto da capela, a construção que dera origem ao mosteiro. O *scriptorium* era uma novidade total, uma audácia construída por um infiel que chegara ali em pleno outono, arrastando uma perna ferida que, para todos os efeitos, deveria ser cortada, se alguém desejasse que o homem continuasse vivo. Os monges ofereceram essa solução ao doente, que recusou. Tentaram fazer com que ele renegasse sua fé e abraçasse o bom caminho cristão, garantindo a salvação de sua alma, o que foi inútil. Daí que o abade Isaac tinha permitido que o irmão David experimentasse o que bem entendesse nos ferimentos do homem e por uma razão que a fé de Olaf jamais haveria de compreender, depois de meio ano de sofrimentos atrozes e mezinhas abomináveis, Ibn Salam levantou-se do catre recuperado. Como prova de gratidão, erguera o *scriptorium* para os monges, que naqueles dias produziam muito pouco, penando sobre suas cópias em um salão menor do que o refeitório e um pouco mais iluminado que a noite fechada. Ibn Salam tomou para si o espaço aberto do teto da capela e ali montou uma espécie de forja, onde labutou de sol a sol durante a primavera e o verão seguintes, e, quando o outono começou a dourar as folhas dos carvalhos, ele havia terminado o *scriptorium* que ele chamava de "caixa de vidro". O salão tinha uma das paredes e todo o teto feito de placas de um vidro grosso e tosco, encaixado em um enorme aramado de chumbo. O mundo, visto através das superfícies de espessura irregular, era uma realidade retorcida e, da primeira turma de monges que trabalharam lá, dois ficaram cegos depois de assistir a um eclipse através dos vidros do salão, e três enlouqueceram, inclusive o abade Isaac, que se jogou do ponto mais alto de um despenhadeiro próximo. Mas ele era alquimista e suspeitava-se que estivesse tentando sublimar a quintessência, o que em si mesmo era uma heresia, então o caso dele não era incluído na contagem oficial do registro. Enfim, o irmão Eleazer foi eleito para o cargo vago e determinou, sob pena de punições que iam da penitência a chibatadas à expulsão, que só seria permitido adentrar ao *scriptorium* com o capuz levantado; que o capuz só poderia ser abaixado ao sair do *scriptorium*; que estava proibido olhar para a parede ou o teto de vidro — o que fazia com que a grande maioria dos monges espiasse a parede com assiduidade disfarçada em movimentos de pescoço e espreguiçamentos constantes de braços que levavam o tecido áspero dos capuzes a escorregar das cabeças, muitas delas calvas, além de realizar idas e vindas repetidas para aliviar as necessidades naturais do corpo. Para um observador ingênuo, pareceria que os monges sofriam de incontinência urinária. No verão o lugar era um forno e no inverno, tão frio que mesmo com o braseiro central — abominado pelo risco que significava e amado pelo alívio que oferecia — os irmãos sentados mais próximos da parede de vidro tiritavam penosamente no final da jornada. Mas as horas de luz garantidas pelas superfícies transparentes, mesmo no inverno, não tinham preço, e havia uma fila de candidatos esperando para serem chamados assim que uma das mesas vagasse: assim que um dos copistas ou iluminadores fosse chamado a servir no Céu. E, por conta disso, o monastério tinha prosperado nos últimos anos, graças a Deus e ao desejo dos homens de ter belos livros nas mãos.

Os dois monges pararam diante da porta de madeira pesada, ouvindo. Podiam jurar que do outro lado pés desnudos corriam sobre a pedra fria, ou que plumas flutuavam até o chão. Mas, se assim fosse, o som era tão baixo que mais parecia imaginação.

O irmão Olaf segurou com força o sebo em uma das mãos e na outra, a chave de ferro. Acionou a fechadura e abriu a porta com reverência.

Primeiro a escuridão. Mas, como bem sabem os evangelistas, mesmo a mais grotesca escuridão é frágil perante a luz, por menor que esta seja. O sebo do irmão Olaf estendeu suas garrinhas douradas pelas mesas mais próximas, derramando-se tímida, mas incansavelmente, sobre velinos empilhados na estante do irmão Jachin, encarregado de fornecer aos colegas o material de trabalho: as pedras-pomes estavam organizadas na estante atrás da mesa como cogumelos, as facas e canivetes estavam afiados e deitados uns ao lado dos outros, enquanto um pote com várias penas aguardava o dia em alegre promiscuidade. Apenas as brancas, de cisne, cinco delas, estavam deitadas sobre um pedaço pequeno de pergaminho, ao lado de duas penas de peru, as melhores, trazidas por um penitente recém-chegado do Norte, que tivera contato com os terríveis escandinavos. Junto a elas estavam as sovelas e os compassos, devidamente fechados.

Em uma prateleira abaixo deveriam estar os chifres, onde eram depositadas as tintas durante o uso, mas agora eles estavam espalhados pelo chão, assim como as espátulas. Olaf estremeceu, pensando na reação do colega na manhã seguinte, e apressou-se em entregar o sebo a Túlio, abaixar-se e reunir o material.

Ao se ajoelhar para alcançar um chifre que havia rolado um pouco mais longe do que os demais, ouviu o irmão Túlio gemer. Ao mesmo tempo, vislumbrou uma sombra passar depressa no vão entre a mesa e o chão. O rato havia voltado, não havia dúvida, e estava atrás dos pergaminhos. Excomungado!

— Bem, para onde foi ele? — perguntou Olaf, levantando-se e colocando os objetos de volta à prateleira de qualquer jeito. Se bem conhecia Jachin, ele ia ter um ataque de raiva na manhã seguinte. "Pecadores, todos nós", pensou ele, alinhando duas espátulas teimosas.

— Lá... — gemeu Túlio, apontando para o centro do *scriptorium*.

— Irmão, em nome de tudo o que há de sagrado, contenha-se! É apenas um maldito rato, que vou esmagar com as mãos, com todo o prazer, assim que o pegar! — aborreceu-se Olaf. Túlio desviou os olhos do que quer que fosse que vira e olhou o superior, tremendo.

— Rato?

E riu um pouco. Olaf agarrou o sebo da mão do homem e caminhou resoluto para o braseiro no centro da sala, com a certeza de que havia lá alguns galhos que dariam alguma chama. Estava tão irritado que mal registrou o ofego do homem junto à porta conforme andava pelo *scriptorium* carregando a luz. Quando chegou junto ao braseiro, jogou lá dentro dois gravetos grandes que estavam junto à base da bacia de pedra que descansava sobre um pedestal sextavado de madeira de lei. A tampa de cobre estava caída ao lado e ele acreditou que aquele tinha sido o ruído que tinham ouvido. Usou o sebo para inflamar as pontas mais finas e secas dos ramos e viu o estalar do fogo espalhar-se pelo braseiro, elevando chamas que iluminaram muito mais do que o esperado. Surpreso, o monge olhou ao redor e o sebo lhe caiu dos dedos dentro da panela luzidia.

As labaredas se multiplicavam na superfície da parede de vidro quatro passos à sua esquerda. Milhares de pequenas fogueiras se reproduziam nas bolhas do vidro, deformadas pelas ondulações da superfície, espelhadas aqui e ali, o que tornava a pequena fogueira do braseiro uma miríade de pequenas fontes de luz. O teto, todo de vidro contra o céu escuro, se sarapintou de estrelas ilusórias, douradas e pulsantes. O *scriptorium* era uma caixa dourada que refletia a luz do braseiro como uma joia recém-polida.

"Glória a Deus! Mas que bela ideia para a peleja dos anjos contra o dragão!" pensou Olaf, respirando fundo. Olhou ao redor, num círculo lento, sorridente.

Parou ao ver o irmão Túlio, hirto junto à porta entreaberta, colado na parede de pedra, tão branco quanto o lençol de uma virgem antes do ato — o sorriso de Olaf desapareceu.

Foi então que viu algo aligeirando-se entre o corredor à sua esquerda e se voltou, furibundo, pronto para saltar sobre a ratazana, disposto a exterminar o animal com as próprias unhas. Saltou no encalço da criatura e correu atrás da sombra, sempre um tanto mais rápida que ele, até chegar a um dos corredores colado à parede de pedra do fundo do salão, próximo da estante onde guardavam os pergaminhos prontos.

Parou onde estava. Parou e olhou. Olhou e arquejou. Sacudiu a cabeça, enfiou o punho entre os dentes e mordeu com força, arrancando sangue dos nós dos dedos, como fazia quando as alucinações da rosalgar moída eram exageradas.

Mas a pequena mulher branca com pescoço e cabeça de cisne não desapareceu. Ela revirou a cabeça delicada, o olho redondo e negro o encarando enquanto o busto perfeito subia e baixava com a respiração ofegante pela fuga.

Outro movimento chamou a atenção de Olaf. À sua direita havia algo. A duras penas ele desviou o olhar da criatura nua que exalava perfeição e sensualidade, frágil e fascinante em sua delicada monstruosidade, e olhou para o que quer que se movia sobre o tampo da mesa. Algo foi arremessado para cima. E outra coisa mais, enquanto alguém resmungava como um texugo. Um "C". Um "R". Um "I". Aquilo, fosse o que fosse, estava arrancando as letras do pergaminho e jogando-as para cima como se fossem objetos, e não desenhos. Era impossível. Olaf espiou por cima da bancada e adivinhou, mais do que viu, quem estava fazendo aquilo.

Era um homenzinho narigudo com um saco nas costas. Era feito de traços quase transparentes e era difícil vê-lo, porque, de fato, ele não tinha sido finalizado, então o que deveria ser o volume do seu corpo era ar. Ele arrancava as letras do papel com um esforço tremendo e, quando fazia isso, os signos eram arremessados para cima, antes de cair de volta. Então ele as juntava com rapidez e as enfiava no saco um instante antes de partir para a próxima. A palavra que ele estava tentando desfazer era "CRISTO".

— Mas o que é isso? — sussurrou Olaf. O homenzinho de traços estava lutando com a parte mais longa do "T" quando ouviu o monge. Parou, olhou para ele e mostrou a língua. Uma língua diminuta, feita de um borrãozinho de tinta, mas, ainda assim, uma malcriação. Depois voltou a resmungar e a puxar a letra para fora do pergaminho. Olaf deu a volta e tentou ler. O texto que ele rasurava mudava de sentido sem o nome do Senhor. Olaf esboçou um gesto, mas outros movimentos pela sala inteira o fizeram imobilizar-se. Um cântico blasfemo começou a emergir perto do centro da sala. Ele voltou-se para lá e viu.

Era uma confraria de monstruosidades e maravilhas feitas de cores, preto de videira e preto de marfim. Uma águia a traço planava, presa a um sapo por uma corrente grossa. Um dragão lunar emergia sua cabeça de falcão, tingido de amarelo e vermelho-ocre, cores de sombras e lama. Criaturas com busto e rosto de mulher, asas de anjo e o corpo em branco de São Giovanni desenhado em chamas alvas esvoaçavam a cupidez de suas formas sobre a fogueira agora crepitante do braseiro. As labaredas moviam-se com o cântico das criaturas e, nelas, salamandras de vermelho-chumbo refestelavam-se, exalando pequenas nuvens tóxicas. Cervos de tons ocre, da altura de sua cintura, corriam ao redor das chamas. Uma criatura bípede e azurite agitava asas em torno de uma carranca monstruosa e de uma cauda longa, com a qual tateava um frasco no centro do fogo. Dentro dele havia uma ave azulada — azul egípcio? Olaf não sabia. Sabia, porém, que a criatura lá dentro estava morta, embora estivesse voltando à vida aos poucos. Ensaiou um passo na direção da festa alquímica, mas uma ave malaquita e verdigris atravessou seu caminho num voo rasante, declamando com voz inefável os versículos mais candentes do Cântico dos Cânticos, e perdeu-se entre uma

Jerusalém herege feita em prata, montanhas de terra d'ombra e crepúsculos em sangue de dragão. O monge oscilou entre a maravilha e o terror, reconhecendo cada criatura, cada traço, certo dos nomes dos autores de cada um deles.

O chão começou a fugir quando ele lembrou o que estava ilustrando: os dragões do capítulo 12 do Livro da Revelação. Com uma pirueta, voltou-se para a sua mesa e percebeu que o homenzinho quase invisível, que vira empenhado em arrancar a palavra "Cristo", agora se dirigia à sua mesa, saltando pelos tampos ainda intocados, respingando algo translúcido nos pergaminhos pelos que passava. As gotas caíam sobre as superfícies, um som agudo que marcava a acentuação da canção infernal, e o pergaminho tocado pelo verniz alquímico se agitava como se tivesse cócegas e dele emergia, oh, Senhor de Todos os Mundos, uma gênese blasfema de unicórnios saltitantes, porcos com asas, homens deformes e mulheres magníficas, estrelas e leões em terraverte, que já nasciam devorando sóis amarelo-ocre como se fossem bolos. Seus pés estavam mergulhados em um lago de índigo, e da mesa de trabalho ao seu lado emergia uma profusão vegetal de heras e beladona na forma da letra "E". "Meus dragões!", ele pensou, e viu ao seu lado o trêmulo Túlio.

— Eu o pintei com um verniz que fiz — balbuciou o homem. — Encontrei a receita dentro da caderneta de um certo "Irmão Isaac", que achei no fundo falso da gaveta da minha mesa. Leva cera de abelha, goma arábica, clara de ovo de coruja e algumas gotas de umidade da manhã. Acho que tinha também algo sobre teias de aranhas e urina de gato... Prometia um acabamento com maior brilho e vida aos desenhos...

Olaf balançou a cabeça, sem tempo para as lamúrias de Túlio ou as insanidades alquímicas do falecido abade. Ergueu o hábito e correu pelo lago de tinta de onde emergiam leviatãs, e chegou à sua mesa quase ao mesmo tempo em que o homenzinho de verniz, que agora admirava os monstros esboçados no pergaminho com um olhar animado.

— Mas não mesmo! — gritou o monge, puxando o pergaminho com força e obrigando o pequeno demônio a uma cambalhota inesperada. O ruído do couro rasgando nas pontas, aquele material tão laboriosamente preparado, que lhe custara horas e dores nas costas e nos ombros, lhe causou um estremecimento de pena. Lançou uma mirada crítica e amorosa para os horrores do Apocalipse que havia criado em sua última sessão de alucinações com rosalgar, e sentiu uma leve pressão sobre o ombro. Espiou: a cara deforme e furiosa de Titivillus estava perto demais para que pudesse pensar, o nariz adunco, os olhos malvados, as mãos em garra segurando o frasco onde restava verniz suficiente para erguer o Hades na Terra. A criatura voltou-se para o pergaminho que o monge segurava, e tudo o que Olaf pôde fazer para salvar o Mundo da Danação Eterna foi rasgar sua maior criação em pedaços e jogar tudo no fogo.

Um som de ódio emergiu da boca sem lábios do demônio, um berro inumano e irreproduzível, que estremeceu os fundamentos da abadia, calou as aberrações com um arquejo sufocante de dobre fúnebre e trincou todos os vidros do *scriptorium* de uma só vez. O pequeno monstro voltou-se cheio de fúria vã e espirrou o que restara de verniz em um pergaminho com os esboços de Medusa, porque se é verdade que a vingança é um prato que se come frio, quente ela tem um sabor inigualável de sangue e pedra.

Alguns séculos depois...

— Ei, Ken, você viu o meu bloco? Deixei ele por aqui...

— Ops! Coloquei o notebook passando o upload do programa novo em cima dele. Desculpe.

— Essa não! Não quero estragar isso, foi um presente que meu pai trouxe da Europa. Comprou em um vilarejo perto da abadia... igreja... não lembro o nome.

— Aquela dos monges de pedra, que você me mostrou a foto? A daquela história de um *scriptorium* que incendiou e os dois monges que tocaram fogo nele foram transformados em pedra como castigo divino? Uuuuh! Um medo só. Ainda bem que eu sou ateu. Deus dá um medo danado, não dá, não?

— Pois é, minha mãe que o diga, não sai da barra do padre. Ah, que droga!

— O que foi?

— Sabe o couro que reveste o bloco? Tinha um desenho bem bacana aqui em cima, de um homenzinho feio com um saco cheio de letras nas costas. Tititi, algo assim. Alguma coisa da época das iluminuras. Estava feito com um tipo de verniz. Meu pai disse que era um pergaminho de verdade, de época. Custou o olho da cara. Que droga.

— Mas o que aconteceu? Queimou? Deixa eu ver.

— Não queimou, não. Mas o desenho apagou. Não está mais aqui. Não ficou nem uma marquinha, tá vendo? Sumiu.

— Que pena, cara. Desculpe.

— Pois é. Uma pena... mas o resto está inteiro, ainda bem. Ah, queria te perguntar: você não ia me contar sobre o seu programa misterioso?

— O que foi visto, aprovado e agora... deixa eu ver o upload do bichinho para o pessoal da produção... já foi! Sim! *Agora* eu posso te contar. Uma novidade para o pessoal que usa smartphone. Todo mundo vai querer ter.

— E o que essa maravilha faz? Dança, canta e sapateia?

— Corrige textos no smartphone, cara. Vamos chamar de "autocorretor".

— Meu programa de computador já faz isso, Ken.

— Mas não desse jeito. Não tem nada parecido com isso. Parece mágica, sabe? Coisa do além. Se a gente estivesse na época da abadia, essa do seu bloco, seríamos considerados bruxos. Vai ver, eu fiz um pacto com algum demônio e não estou sabendo disso. Como era mesmo o nome do desenho, esse que apagou?

— Tititi, Tititilus. Algo assim.

— Que pena. Se eu soubesse o nome de verdade, podia ter dado o nome do personagem para o programa. Ia pegar bem um programa virtual com nome de criatura medieval. Igual ao *bluetooth*.

— Podia mesmo. Mas o que vale é o que a coisa faz, não é?

— Isso: ela corrige! Corrige tudo. Uma beleza. Vai entrar para a história.

— Ah, vai! Pode apostar que vai.

As Trevas, como diria o irmão Olaf, podem ser frágeis em sua imensidão. Mas elas têm paciência e sabem que, assim como a carne transformada em pedra pela Górgona um dia se torna pó, a mais brilhante das estrelas, chegada sua hora, se apagará. O Tempo é, pois, irmão do Caos e da Escuridão. E nenhum deles tem pressa.

Porque o seu momento sempre chega.

Meninas podem, sim

KÁTIA REGINA SOUZA

O-DEI-O ir na casa do João; se você o conhecesse, odiaria também. Minha mãe sempre diz pra eu não usar esta palavra, "ódio". Sinceramente, acho que ela nem gosta dele, mas adultos não podem odiar crianças (ou ao menos não podem dizer isso em voz alta).

Enfim, eu ia porque meus pais me obrigavam. Eles e os pais do João eram amigos desde antes de eu nascer. Bem, não sei se "amigos" seria o termo certo; toda vez que a mãe do João ligava para a minha tentando marcar um almoço, meu pai inventava uma desculpa — ele já teve umas dez viagens de negócios, três tios-avôs falecidos e duas cirurgias.

Cheguei a perguntar o porquê de precisarmos ver a família do João, se nenhum de nós estava com vontade.

— Conhecemos o Alberto e a Sheila há vinte anos, Lilian — papai respondeu.

— Existe algum contrato forçando vocês a serem amigos pra sempre?

— Daqui a alguns anos você entenderá. A sua geração joga amigos fora com muita facilidade. Pessoas não deveriam ser descartáveis.

— Mesmo as chatas?

Meu pai suspirou e ligou a televisão. Eu não quis discutir. Acho que adultos também não podem odiar outros adultos.

Quando eu crescesse, usaria meus domingos para passar tempo com gente de quem eu gostasse. Ou pra ficar sozinha jogando videogame. E é sobre isso, o videogame, que eu pretendo falar.

    A visita à casa do João seria bacana, caso ele não fosse insuportável. Seu pai trabalhava desenvolvendo jogos ou coisa do tipo (olá, emprego dos sonhos), então o menino tinha uns cinco consoles em casa.

    Mas nunca me deixava jogar.

    — Lilian, o quarto é meu, os videogames são meus. Você não trouxe uma boneca, não? — Revirou os olhos.

    — Deveria ter trazido, pra enfiar no seu...

    — Ih, brigaram de novo? — O pai do João entrou no quarto. — Não se irrite, Lilian. Meninos são assim quando estão interessados, vai ver meu filho só quer ser seu namoradinho.

    Que idade esse indivíduo achava que eu tinha? Chamar de "interesse" deve mesmo dar bem menos trabalho do que aprender a criar garotos.

    — Qual é o motivo da cara fechada, filha? — Meu pai veio logo atrás. — Deveria sorrir mais, fica tão bonita.

    E eu lá me preocupava com isso? Só queria jogar, droga. De qualquer forma, dei o sorriso mais insincero do mundo (não era como se eles fossem reparar em mim tempo o suficiente pra notar). A gente precisa aprender a escolher as nossas batalhas.

    — Pedi pra jogar com o João, mas ele falou que não posso.

    — Meu filhão é um problema. Um dia desses vou ter que colocar de castigo. — Mas o dia não seria esse, pelo jeito. — Quem sabe você não brinca na garagem, Lilian? Tem várias coisas guardadas lá. Até uma TV meio antiguinha, se não achar nada melhor para fazer.

    Outro sorriso falso. Outra vitória do João.

    Paciência, eu fui. Ao menos manteria distância desse mala.

    Encontrei, realmente, negócios pra caramba naquela garagem. A TV à qual o seu Alberto se referia era um treco bizarro; nunca tinha visto algo parecido. Havia a tela e tal, com uma baita caixa atrás, sei lá por que razão.

    — Psiu! — alguém chamou.

O som vinha... da prateleira. Logo abaixo da TV. Do meio de um monte de tralhas cobertas por uns panos velhos.

Sério que o João já não estava satisfeito me expulsando do quarto dele? Precisava tentar me assustar?

— Venha cá! — falou de novo.

Aí a história começou a ficar engraçada: não era a voz do João, e sim de uma mulher.

— Garoto, ache outro idiota pra pentelhar e me deixe em paz — respondi, dando passadas duras até a prateleira em questão e puxando o pano.

Ali embaixo, porém, não havia nada além de um negócio quadradão, cinza e empoeirado, com uns fios conectados na TV. E, do seu lado, um trequinho menor, retangular, também cinza, também empoeirado. Peguei pra conferir. Limpando um pouco, vi que um rótulo tinha sido arrancado do negocinho, ficando só restos de cola e de papel.

— Bote a fita no console. — A mulher voltou a conversar comigo.

— Oi?

— A fita, o cartucho ou como preferir chamar. O que você tem na mão, menina. Bote no videogame.

Então o bagulho maior era isso? Um videogame?

Liguei a TV e obedeci à voz. Sim, eu agora estava atendendo a pedidos de vozes misteriosas, dado que a alternativa seria voltar àquela casa.

De fato, o videogame tinha um lugar pra encaixar a... fita. Fiz isso. Não funcionou.

— Eu não preciso ligar nada na internet pra dar certo? — questionei.

Exato, eu já não apenas atendia aos pedidos da voz, como ainda fazia perguntas. O tédio é um sentimento complicado.

— Internet? Não faço ideia do que você está falando. Se não funcionou, tente assoprar.

Ok, afinal, por que eu não seguiria o ritual estranho sugerido pelas vozes da minha cabeça? Me achando bem mais idiota do que o normal, assoprei o videogame rapidinho.

— Garota, é impressão minha ou você tentou assoprar o console? Não é ele, sua anta, é a fita! A parte de baixo.

Quanta agressividade.

Assoprei a fita.

Lá fui eu tentar outra vez. Se funcionou, eu não saberia dizer, pois apaguei.

Acordei zonza, em um chão gelado. Não enxergava nada além de manchas embaralhadas ao meu redor. Sentia um cheiro estranho, parecido com o dos casacos que ficam muito tempo guardados no armário, e a minha mãe me obriga a vestir quando chega o inverno. Também ouvia uma musiquinha esquisita, tocada por trompetes diferentes. Digo "diferentes" porque o som era algo que eu só havia escutado uma vez antes, no dia em que a minha colega levou um modelo antigo de celular à escola.

— Ó bravo e distinto herói, a população de nosso mundo clama por sua ajuda!

Levantei depressa, procurando a origem da voz grossa. Minha visão tinha voltado ao normal, mas não totalmente: as pessoas ali não aparentavam ser feitas de carne e osso, e sim de vários miniquadradinhos. Tipo daqueles jogos mais antigos, sabe, com um gráfico esquisito? Pixels. Levei um susto ao olhar para os meus braços e perceber que eu estava pixelada igual ao resto.

— Bravo e distinto herói, está me ouvindo?

Virei para um lado e depois para o outro. Demorei a notar que o rei do povo feito de pixels falava comigo.

— Desculpe, moço, você deve ter se enganado. Não sou herói coisa nenhuma.

Um homem barbudo em frente ao trono real interveio:

— Ora, um rei jamais se engana! Vossa Majestade, aconselho que a mande implorar por perdão.

— Vossa Majestade, aconselho que corte a sua cabeça — disse outro cara, à direita do rei.

— Vossa Majestade, aconselho que preste atenção nela. É uma criança, não um herói — sugeriu baixinho um terceiro sujeito, à esquerda.

O soberano pôs a mão no queixo, me encarando. Fez um sinal com o dedo indicador, pedindo para seus conselheiros se aproximarem. Os quatro cochichavam.

Escutei somente pedaços da conversa, como "Há quantos anos nenhum herói aparece por aqui?" e "Entre cortar a cabeça dela agora e esperar que a bruxa Tiana o faça, é melhor aguardarmos. Há chance da menina vencer".

— Você... *ahm*, desculpe, *Vossa Majestade* já pode parar de discutir — comecei, meio arrogante. Por conhecimento de causa, sabia que adultos só ouviam gente assim. — Não sou um herói, e sim uma heroína. Lidarei com a bruxa.

— Heroína? Não, não é possível. Até a palavra soa errada. — O monarca riu, e a corte o acompanhou.

— *Heroína* — o homem da direita zombou.

— A audácia, a audácia! — O do meio engasgava com a gargalhada falsa.

— Vossa Majestade lembra o que aconteceu na última vez que negamos o papel de heroína a uma garota? — comentou o conselheiro à esquerda do rei.

Tão depressa quanto tinham começado a rir, silenciaram.

— O que aconteceu? — Não consegui me controlar.

Tamborilando os dedos no trono, o rei respondeu:

— Oh, você descobrirá. — Deu um daqueles sorrisinhos de tenho-um-plano-maligno-mas-não-vou-contar. — Ou não, se falhar em sua missão.

— Não vou. Considerem este jogo zerado.

— *Jogo?* Por que os heróis cismam em ver a nossa vida como um jogo?

— Doentio, doentio — disse o homem do centro.

— Deveríamos revisitar a ideia de cortar a cabeça da menina, Vossa Majestade. — Ô cara insistente, o da direita.

Olhei para o terceiro homem, no aguardo de um comentário sensato.

— Vossa Majestade, permita à brava e distinta heroína continuar se ela prometer não tratar o destino do Reino de Cidônia como uma brincadeira.

Claro que os personagens de um jogo *não sabem* que estão num... Pense, Lilian!

— Incontáveis vidas dependem de você, *garotinha*.

— Vossa Majestade não se arrependerá.

O rei não me contou muito sobre quem eu enfrentaria. Disse que o mundo estava acabando porque uma fulaninha que não gostava de heróis prendeu eles em uma montanha e deixou os monstros tomarem as cidades.

Antes de eu sair do castelo, me fez abrir um baú. Dentro, encontrei um taco ("Você precisa se proteger!"), um mapa ("Sua jornada se torna completa somente se concluir diversas missões.") e cem moedas de ouro ("Para comprar uma arma melhor do que o taco. Acredite, ele não durará muito tempo.").

Mal tinha cruzado a ponte do castelo, ouvi alguém me chamando.

— Ei, espere por mim!

Uma menina se escondia atrás dos arbustos. Voltei alguns passos para me aproximar dela.

— Você está bem? — perguntei.

— Por enquanto, sim. Não temos tempo para conversar. — Olhava menos para mim e mais para todos os outros lados. — Vou direto ao ponto: sou filha do rei e adoraria acompanhá-la. Quer?

— Depende do porquê.

— Já falei que não temos tempo. E você não me parece cheia de opções para sair negando ajuda.

— Quem disse que eu preciso de ajuda?

— *Todo mundo* precisa de ajuda neste lugar. Vamos! Se o meu pai me pega fora do castelo, ele me tranca no quarto e coloca cinquenta guardas na porta.

— Moça, isso não é certo. Você devia chamar... — Ia falar "a polícia", mas não sabia se existia ali; e, mesmo se existisse, não sabia se adiantaria — ...*alguém*.

— Qualquer "alguém" em Cidônia só me levaria de volta pro rei. Ou, pior, pro meu *noivo*.

— Você não é muito nova pra um noivo?

— Diga isso a meu pai e seus cinquenta guardas. É o motivo para eu querer auxiliar. Se derrotarmos Tiana, talvez me levem mais a sério.

Senti pena, mas não por muito tempo. Três caras nada

amigáveis vinham em nossa direção.

— Rápido, eu conheço um atalho!

Ela segurou a minha mão, e nos embrenhamos numa mata. Os galhos arranhavam braços, pernas e rostos.

O caminho nos levou até um campo aberto. Olhei para trás: nem sinal dos guardas.

— Pode ficar tranquila, aqui eles não nos alcançam. Têm medo de sair do castelo.

Respirei aliviada. Meu corpo todo esfolado ardia e coçava, mas não eram ferimentos graves.

A princesa me viu cutucando os machucados e me xingou:

— Não faça isso, vai piorar! Pare quieta que eu ajudo. — Esfregou as mãos e, com calma, colocou suas palmas em cima da minha cabeça. Os cortes abertos foram fechando.

— Você cura pessoas?

— Obviamente. Mas curar gasta energia, então não abuse.

— Energia?

— Sim, energia mágica. Chamamos isso de mana. Recuperamos essa energia ao dormir ou tomar poções.

— Mana?

— Pelos deuses, heroína, de onde você veio?

Eu não costumava jogar nada que envolvesse magia. Pra ser sincera, achava idiota. Precisava arranjar uma boa desculpa.

— Moro em uma vila miudinha. — Tirei o mapa do bolso. — Olhe aqui, fica ao norte e nem aparece no mapa! Nosso povo não é muito estudado.

— Hum... Peço desculpas pela grosseria. Vamos começar de novo. — Estendeu sua mão. — Meu nome é Flora.

— Lilian, prazer.

Chegamos a um vilarejo. Entrando ali, uma música menos tensa começou a tocar.

Flora caminhava a passos largos rumo a um sobrado. Seu vestido estava rasgado e sujo, mas ela não se incomodava — ao contrário das pessoas ao nosso redor.

— Este é o vilarejo de Medina — explicou. — Tenho um amigo aqui que pode nos ajudar. Você é a heroína, eu sou a clériga. Necessitamos de um mago forte e de um bom guerreiro antes de enfrentar a bruxa.

Entramos no sobrado de aparência nada simpática: barulhento, cheirava a suor e carne crua. Seus frequentadores não eram dos mais educados.

Num dos cantos do salão, dois homens brigavam. Em volta deles, seres estranhos apostavam em quem ganharia. Um bicho com um corpo gelatinoso em formato de gota organizava o bolão. Ao notar a presença da princesa, arrastou-se até nós.

— Flora! Veio ganhar uns trocados?

— Hoje não, Momo. Quero ajuda. — Chegou bem perto dele e sussurrou: — Esta é Lilian, a heroína.

Momo se afastou, apertando os olhos, antecipando o pedido de Flora.

— Princesa, é perigoso demais...

— Por favor! Nunca tivemos uma *heroína* antes. Talvez dê certo.

— Poderiam me explicar a situação? — Paciência não era o meu forte.

— Lilian, Momo é um mago e tem um passado... complicado.

— Eu trabalhava para a bruxa Tiana, menina. Conheço a montanha onde ela mora da base ao topo. Hoje sou um slime mudado, faço serviços pro rei.

— Slime! Aleluia, um nome conhecido. Mas... você é azul!

— Aham.

— Isso é estranho.

— Você é marrom, e eu não acho estranho. Só um idiota arranjaria problema por causa de cores.

— De onde eu venho, slimes são cubos. E verdes.

Quase acrescentei que eles não eram de verdade e só existiam em um jogo popular do meu mundo, mas não queria arranjar briga de novo.

— Cubos verdes?

— Ela vem de um vilarejo pequeno ao norte, Momo — elucidou Flora.

— Oi, com licença... — Um jovem adulto se juntou ao nosso grupo. Tinha cara de quem não enxergava o sol havia um longo tempo. — Posso falar com você? Sozinho? — perguntou para mim. Flora pareceu preocupada, levando-o a acrescentar: — Será rápido.

— Não tem problema, Flora. Eu sei me cuidar.

O menino esperou os dois se afastarem. Ao considerar que estavam a uma distância segura, disse:

— Nem tudo aqui é só invenção. Eu sou de verdade, e muitos dos heróis que Tiana prendeu são também. Meu nome é Artur, estou preso nesta fita desde 1997. — *Eita.* — Você está ok? — Minha cabeça girava. — Ouça, mesmo se não estiver, precisa parecer bem. Seus amigos vão achar que eu fiz algo.

Respirei fundo.

— Certo. Estamos num jogo. Um jogo de verdade. Com uma bruxa de verdade. E monstros de verdade.

— Exato. É um JRPG — disse ele, como se eu fosse entender. Ante a minha cara de paisagem, detalhou: — *Japanese Role Playing Game*. Costumam ser parecidos: bem contra o mal, heróis salvam o dia, bastante exploração, missões, lutas em turnos... E tudo funcionava perfeitamente até a Tiana aparecer. Ela substituiu o vilão antigo. — Olhou sobre o meu ombro. — Droga, seus amigos estão voltando.

Tentei me recompor.

— Então, Lilian, quem é ele? — Flora indagou.

Não tive muito tempo para pensar em uma boa resposta.

— Artur é... um guerreiro! Era disso que precisávamos, não?

Flora e Momo compartilharam um olhar (algo similar ao que meus pais fazem quando eu estou em apuros).

— Meio magricelo e pálido para um guerreiro — observou Momo.

— Não era você que não via cores? Dê uma chance pro garoto!

Convenceram-se. Quem não ficou superfeliz com a minha ideia genial foi o Artur.

— Eu mal sei segurar uma espada! — cochichou pra mim ao sairmos do bar.

— O que você fez por aqui durante vinte anos?

— Tentei me manter longe de problemas.

— Talvez seja por isso que ainda não conseguiu voltar pra casa.

Nossa equipe era incomum, para dizer o mínimo. Eu, uma heroína-humana de doze anos; Flora, uma clériga-princesa adolescente; Momo, um mago-slime de meio metro de altura; e Artur, um adulto-guerreiro de mentirinha.

— E aí, Momo, onde a bruxa mora? Vamos acabar com isso de uma vez. — Aquela enrolação embolotava o meu estômago.

— Enlouqueceu? Deve se equipar primeiro.

— Mas... eu tenho um taco. — Levantei o bastão de madeira e Momo me fitou com um misto de descrença e irritação. Entendi a mensagem. — Beleza. Recebi cem moedas de ouro. Cadê a loja mais próxima?

Já me preparava para começar a andar quando Momo me interrompeu de novo:

— Cem moedas não pagam nem uma poção, menina. Tiana prendeu os heróis, a procura por proteção aumentou. O rei fez uma parceria com os comerciantes, o preço de tudo subiu. Temos que encontrar ouro antes de continuar.

— Como?

— Nas casas, oras — respondeu Flora com naturalidade.

— Então a palavra certa seria "roubar".

— Heróis não roubam! — exclamou Flora. — As pessoas da cidade gentilmente abrem suas casas, emprestando ouro, equipamento e provisões em troca de proteção.

Foi bizarro entrar na primeira casa. Sério, a gente nem bateu à porta. Um velhinho estava na sala almoçando. Flora e Momo foram direto revirar armários, baús, potes e gavetas. Fiquei na minha, arrumando a bagunça que eles deixavam para trás.

Depois, relaxei. Algumas pessoas no máximo diziam um "oi" amedrontado e pronto. Era uma dinâmica esquisita.

Momo me deu de presente um saco mágico capaz de carregar dez coisas. Itens iguais contavam como um só. E não importava quantos negócios você enfiava lá dentro, o saco continuava levinho. Guardamos poções de cura, de mana e antídotos. Não o ocupamos inteiro, porque ganharíamos mais negócios no caminho.

O saco só não servia pra armazenar dinheiro, ou seja, éramos obrigados a usar o banco da cidade.

— Se um monstro ganha uma batalha, ele tem o direito

de ficar com o seu ouro. Recomendo guardar tudo no cofre do Banco de Cidônia. Cada vilarejo tem uma filial; você não precisa voltar a Medina para retirar o dinheiro que depositou — Artur explicou longe de Flora e Momo, enquanto eles negociavam equipamentos com o dono da loja. — Se morremos, perdemos boa parte do dinheiro pro padre que nos revive.

— O jogo salva automaticamente?

— Não! É manual, e só podemos salvar nas igrejas. A não ser em partes difíceis, tipo antes de lutar com Tiana. Sempre há um padre perdido perto do chefão.

— Se você já lutou com a bruxa, por que não está preso junto aos outros heróis?

— Bem... Eu nunca, hum... — murmurou algo incompreensível.

— Fale mais alto!

— Eu nunca cheguei até a Tiana, ok?

— QUÊ?

Meu grito chamou a atenção de Momo. Veio nos repreender:

— Parem de fofoquinha, passem já para dentro! Você tem que experimentar a sua armadura, Lilian.

Bufando, entrei na loja. A inexperiência de Artur não me impediria de voltar para casa.

Depois, guardamos o dinheiro no banco e salvamos o jogo na capela, conforme Artur sugeriu. Para Flora e Momo, que não sabiam que a gente estava em um jogo, a passagem pela igreja funcionava como proteção — com a benção do padre, conseguíamos repelir os monstros por algum tempo.

Andamos por horas. O trajeto era confuso. Em um determinado momento, encontramos um problema: a estrada se dividia em três e, no mapa, só aparecia um caminho.

— Truque clássico da Tiana — avisou Momo. — Somente uma das estradas à nossa frente realmente existe. As demais são armadilhas.

A primeira estrada era repleta de árvores. A segunda levava a uma caverna. Já a terceira me dava tantos calafrios quanto prova surpresa na segunda-feira: esqueletos de pequenos animais se espalhavam pelo chão, e uma névoa encobria monstros de caráter duvidoso.

— Como saber qual é a certa?

— A correta é sempre aquela com o maior número de inimigos — disse Flora.

Sem nem discutir, pegamos a terceira. Três monstros pularam na nossa frente. Então algo estranho ocorreu: a tela congelou e um letreiro apareceu em cima da minha cabeça, mostrando algumas opções — lutar, enfeitiçar, defender, usar itens, equipar e desistir. Não conseguia me mexer, mas se eu pensava em uma das alternativas, a palavra brilhava, sendo selecionada.

Aquela não era uma batalha normal, estava mais para um tipo educado de luta. Cada um de nós tinha a sua vez de jogar, e ninguém me apressou. Dava tempo de criar uma estratégia.

Decidi atacar para testar a minha força e até que fui bem: causei quinze pontos de dano em um dos monstros. Artur, magricelo e fraquinho, preferiu se defender — um péssimo movimento para quem deveria se passar por um guerreiro. Momo escolheu a opção "feitiço" e fez um baita estrago no pessoal. Flora também tinha feitiços poderosos, além de nos curar em turnos alternados.

Ficamos naquela dança de ataca, apanha (sim, doía de verdade), cura durante vários minutos. Após alguns turnos, os monstros cansaram:

— Chega, você ganharam — falou um deles, tirando moedas do bolso.

Tocou uma música feliz, e outro letreiro apareceu em cima da minha cabeça: "Parabéns! Você atingiu o nível dois. Ganhou duzentas moedas de ouro, duas poções de cura e três chicletes". Os monstros entregaram os nossos prêmios por vencer a batalha, viraram as costas e desapareceram na névoa.

— A gente não precisa lutar até a morte?

— Até poderíamos... — começou Artur.

Foi interrompido por uma Flora ultrajada:

— Claro que não! Os monstros não têm culpa, estão apenas fazendo o seu trabalho.

Nem todo mundo nasce princesa.

    Andando um pouco atrás de Momo e Flora, tirei minhas dúvidas com Artur:

— Eles não enxergam os letreiros?

— Só quem veio de fora do jogo pode ver.

— Você subiu de nível?

— Não, porque eu não ataquei. Ganhamos experiência só se nos envolvemos ativamente na batalha.

    As lutas pelo caminho não foram poucas, bem como o número de vezes que morremos e refizemos diversas partes do jogo. Momo e Flora nunca lembravam o que havia acontecido. Para mim e Artur, não poderia ser mais exaustivo: diálogos repetidos, lutas iguais, longos trajetos a percorrer novamente... Vendo pelo lado positivo, nosso nível não diminuía, nos tornávamos mais fortes a cada morte.

    Várias tentativas depois, chegamos à montanha de Tiana, lugar digno de um filme de terror. Começava a anoitecer.

    No pé da montanha, perto de uma grande pedra, havia um padre. Gesticulou, pedindo para nos aproximarmos.

— Rápido! — murmurava. Salvou o jogo antes de solicitarmos: — Confessem seus pecados diante do Senhor e recebam a minha benção. — Atirou água-benta para cima de nós. — Agora me deem as minhas mil moedas!

— *Mil*? Em Medina custava cem! — reclamei, separando o dinheiro.

— Oferta e demanda, querida. Corram!

    Descobrimos o motivo para a pressa quando a "pedra" ao lado dele bocejou, se transformando em um ogro sonolento de muitos metros de altura. Notando a nossa presença, agarrou Artur pela perna.

— Tem sorte que não gosto de meninos magricelos. — Sua voz grossa ecoou pela floresta. — O seu azar é que Tiana gosta.

— Calma aí! — gritei. Confesso que me desesperei.

— Oh, uma menina. Adorável. Tiana ama inovar.

— Calma, sério! — falei, dando alguns passos para trás. — Aceitaria uma troca? — O ogro parou de andar. — Talvez

Tiana precise de algo? — sugeri, sem obter reação nenhuma. — Ou você?

Sorriu.

— Numa caverna ao leste daqui, há um senhor que comercializa iguarias de meu interesse. Peçam o pacote número um. Digam que é para o Claude. — Suspirou. — O ogro que reveza o trabalho comigo sempre chega atrasado, então a loja já está fechada quando saio. Pretendo reclamar disso na próxima reunião do sindicato.

Tentei soar empática:

— É, você deveria... — Mirei Artur. — E quanto ao nosso amigo?

— Ficará aqui por garantia.

Flora, Momo e eu nos apressamos para chegar à loja. Encontramos apenas um monstro no caminho; ele conhecia o ogro, então nos deixou passar.

Não demorou muito para alcançarmos nosso objetivo. Por fora, a caverna era feia e úmida, como tudo naquele canto do reino. Seu interior, no entanto, foi uma tremenda surpresa: as paredes eram forradas de doces, estilo João e Maria, também expostos num balcão de vidro.

— Boa tarde! O que desejam?

— Oi. O pacote número um, por favor — pedi.

O senhorzinho sorriu.

— São amigos do Claude? Colocarei um brindezinho junto, pela fidelidade.

Estranhei.

— Parece gostar dele.

— Claro! Quem é amigo de Tiana, é meu também.

— Mas a bruxa destruiu esta parte do mundo! — indignou-se Flora.

O senhor analisou a princesa:

— Roupas sujas, contudo da realeza. Vejo por que pensa isso.

Momo tentou nos apressar:

— Precisamos resgatar o garoto, meninas...

O velhinho tornou a sorrir, ignorando-o.

— Desde que Tiana passou a cuidar daqui, tudo anda excelente. As pessoas já não dormem assustadas, com medo de invasões de heróis.

— E quanto aos monstros?

— Criaturas da melhor índole. Pagam pelo serviço ou propõem trocas vantajosas para ambas as partes. Agora somos uma comunidade. E a aparência assustadora da Cidônia Alternativa é excelente, serve para afastar gente da nobreza. — Lançou um olhar à Flora.

— Ei, não me envolva nisso. Se eu pudesse ter escolhido um pai, com certeza não teria sido o meu.

A informação alegrou o senhorzinho.

— Enfim, aqui está o seu pacote.

Um painel apareceu sobre a minha cabeça: "Você ganhou o pacote número um! Utilize o item através do inventário".

Saímos da caverna e retornamos à montanha. A conversa me deu muito no que pensar.

— Iei, meus doces! — celebrou o ogro quando nos avistou, correndo para pegá-los.

Antes sentado no ombro de Claude, Artur caiu no chão. Aproveitamos a distração e nos esgueiramos montanha adentro.

A cada passo dado, o frio aumentava. Seguimos por uma escadaria espiralada que nos levaria ao topo. Por fim, apenas uma porta dupla de mármore nos separava da mais temível bruxa do Reino de Cidônia — bem, dependendo de para quem você perguntasse.

Puxei as maçanetas.

— Finalmente, Lilian! — Reconheci a voz do "Psiu", a voz de quem me convidou a entrar no jogo. — Seja bem-vinda. Fazia tempo que ninguém atendia.

Se não fosse a cela repleta de meninos sequestrados às suas costas, Tiana pareceria uma pessoa normal. Questionei:

— E agora, qual é o esquema? A gente luta? Você me prende? Admito que não me preparei muito.

— Não passou anos jogando JRPGs? — perguntou. Troquei um olhar confuso com Artur. — Sim, eu sei que é tudo um jogo. Os heróis aqui atrás gostam de falar quando estão entediados. Não treinou como eles?

— Hmmm. Esta é menos uma situação sou-especialista-no-gênero, e mais uma ouvi-sua-voz-e-usei-a-oportunidade-pra-fugir-de-um-menino-irritante.

Tiana perdeu um pouco da pose de quem estava prestes a me trancar em uma jaula. Mordendo os lábios, disse:

— Entendo, garota. — A bruxa caminhava de um lado para o outro. — Uma heroína...

Procurei uma resposta no rosto de Artur, Flora e Momo. Os dois primeiros pareciam tão ou mais atordoados do que eu; Momo ficou sério. Ele sabia de algo. Cochichou para mim:

— Se aproveitarmos o estado dela e atacarmos, é vitória na certa.

Um novo painel surgiu com duas opções: atacar ou oferecer ajuda.

— Lembre, as suas decisões influenciam no final do jogo — avisou Artur.

Reagi de modo quase automático:

— Tiana, talvez o rei entenda seus motivos... Ainda há tempo de se redimir!

Voltando a si, a bruxa riu.

— Se veio procurando uma vilã em busca de redenção, está no lugar errado. Este mundo é uma bosta. Essas pessoas são uma bosta (a maioria delas, pelo menos). Eu quero é ver tudo queimar. — Ok, não exatamente a resposta que eu esperava. — Mas algo que você disse me chamou atenção: a sua história também inicia com você fugindo de um menino, não?

— É. Sendo mais específica, de um menino egoísta e dois adultos mandões.

— Hã. A minha é parecida.

Outro painel. Outra olhadela do Artur. Atacar ou pedir uma explicação.

— Quer falar disso? — Eu e a minha diplomacia...

— Sabe o rei? Ele já foi um menino irritante. E, meu pai e o dele, os adultos que tomavam decisões. Era para estarmos casados. Fugi por preferir fazer outras coisas. Até hoje, dizem que sou frustrada porque queria ser uma heroína e ninguém deixou, mas é mentira. Eu só não queria ser uma noiva.

— Certo, a vontade de ver tudo queimar é bem compreensível.

— Cansei de acompanhar as histórias se repetindo. Mudei para a montanha e passei a aprisionar heróis. As pessoas se preocupam mais quando perdem *coisas*, e não *gente*. Sem os heróis, meus monstros conseguem pilhar os castelos.

— Ok, mas você mesma disse que *a maioria* das pessoas é ruim. Algumas talvez não mereçam isso. Olhe o coitado do Artur, por exemplo.

Cética, inquiriu a ele:

— Artur, qual é a sua opinião sobre jogos protagonizados por mulheres?

— Ah, não me venha com essas besteiras, nem é questão de preconceito. JRPGs tradicionalmente se passam em um cenário medieval, não faria sentido algum pra história...

— Mas aquele ogro lá fora faz? — perguntei, incrédula.

— Viu? — falou Tiana.

Suspirei.

— E Momo? Ele parece um slime decente.

Tiana riu. Virou-se à Flora:

— Que idade você tem, princesa?

— Eu? Quatorze...

— E não acha curiosa essa sua amizade com um slime de o que, Momo, uns cento e trinta e poucos anos?

— Bem, ele faz serviços pro meu pai e me ofereceu ajuda algumas vezes... Diz que gosta de passar tempo comigo...

Momo a interrompeu:

— Tiana, este não é o momento...

— Xiu. Me diga, Flora, consegue se lembrar com exatidão da sua primeira interação com Momo? — A princesa parou para pensar por tempo demais. Negou. — Então você tem uma amizade de origem misteriosa com um slime de quase dez vezes a sua idade, que ama passar tempo com uma adolescente e, curiosamente, é um mago experiente, capaz de preparar poções e enfeitiçar pessoas? Não preciso sequer tocar no assunto das lutas clandestinas daquele bar bizarro. — Flora arregalou os olhos. — E é por isso, Lilian, que Momo não trabalha mais comigo. Discurso bonito na teoria, comportamento horrendo na prática. Cuidado com esses, são os piores. Pena que fugiu antes de ser castigado. — Tiana se voltou à Flora. — Posso? — perguntou, indicando Momo.

Ante um aceno positivo de cabeça da princesa, Tiana

transformou Momo em uma poça gelatinosa. Em seguida, prendeu Artur junto aos demais "heróis".

— Se eu nos tirar daqui, Lilian, acha que conseguimos encontrar quem criou esta merda?

— Claro. Conheço um tal seu Alberto, desenvolvedor de jogos. Podemos começar por ele.

— E Flora, você seguraria as pontas para mim enquanto isso? Com o apoio do meu pessoal, evidentemente.

Flora sorriu.

— Adoraria.

Perguntei à Tiana:

— Dá mesmo pra você sair daqui? Quero dizer, sem ofensas, mas você é só um amontoado de pixels criado por alguém...

Ela gargalhou.

— Lilian, e você pensa que é o quê?

Tiana segurou a minha mão, e eu segurei a de Flora num aperto de despedida. A montanha se encheu de luz, e os créditos rolaram. Era hora de ir para casa.

Desta vez, não importaria o que João, seu pai ou qualquer outra pessoa dissesse. Estava convencida: meninas podem, sim.

Mais do que os olhos podem ver

BRUNA SANGUINETTI

Erina caminhava ao lado de Lita pela floresta já fazia alguns dias. Erguia uma casca de árvore morta acima da cabeça para proteger as duas da chuva. Nunca se imaginou tão próxima dela como agora e pensava que, se não fosse o ataque das corujas, não estariam ali. Além disso, não precisaria escolher entre a vida de sua família ou a da pogan ao seu lado.

O rei dos pogans, Olex Carvãolascado, estava dormindo quando os striganes atacaram. Mesmo depois de um século de guerra, os lagartos ainda tinham dificuldade em identificar quando as corujas resolviam bombardear a montanha dos pogans. Os striganes voavam silenciosos quando nem as luas estavam no céu para ajudar a fraca visão dos lagartos durante a noite. O lar dos pogans, em compensação, era fácil de encontrar: inúmeras caixas de vidro e metal incrustadas na montanha que, iluminadas por cordões elétricos, podiam ser avistadas das casas de madeira e cipó na floresta dos striganes, como estrelas baixas demais.

O primeiro ataque era sempre o pior de todos. O grito começava agudo e pausado, um incômodo que crescia rápido e estraçalhava os ouvidos dos lagartos. Em seguida, uma bola de fogo explodia as torres de vigília do clã Martelo de Bronze. Depois disso, não era necessário soar alarmes: o reino inteiro acordava com os gritos das corujas. Todos os clãs, homens e mulheres, pegavam em armas e seguiam os Carvãolascado, guerreiros de elite do reino, em batalha. A única exceção eram os estudiosos Escudo de Prata, proibidos de guerrear por não terem força para lutar. Os pogans já sabiam onde as corujas costumavam atacar: as minas de tenebrita, metal abundante apenas naquela montanha e utilizado na confecção de armas e casas. Mas, naquela noite, os striganes miraram seu ataque mais alto.

A mudança da rotina desorientou a defesa dos lagartos. Várias casas foram destruídas devido aos desmoronamentos das pedras do topo da montanha e as perdas por esmagamento foram grandes. Apesar do contratempo, os pogans conseguiram se livrar dos striganes redirecionando suas balistas e usando os próprios destroços como escudo. Mesmo com o sucesso da resistência, o rei Olex Carvãolascado não foi visto durante a batalha. O neto do primeiro rei dos pogans — desde que se mudaram para a montanha de tenebrita — retirou-se às pressas de seu aposento real ao som do primeiro pio das corujas e escondeu-se no fundo da montanha. Em uma sala construída especialmente para as reuniões mais importantes com seus conselheiros — que nunca viram a cor do lugar —, acomodou-se nas suas almofadas e esperou os gritos acabarem. Quando vieram buscá-lo, fingiu olhar plantas e planos, simulando uma preocupação em revidar o ataque sofrido.

Deixando de lado a falsidade recorrente do rei, os pogans do clã Martelo de Bronze, que compunham a guarda real de Olex, acompanharam-no ao saguão principal do palácio dos Carvãolascado para as notícias. Os desmoronamentos trouxeram à luz uma câmara desconhecida. Parecia conter livros antigos e instrumentos estranhos, motivo pelo qual chamaram os Escudo de Prata para recolher o material para análise. O rei Olex ficou furioso e agitava os anéis enrolados em sua espessa barba negra enquanto esbravejava. Ordenou que enviassem tudo que fora recolhido para a sua sala. Ele seria o primeiro, e não os pogans de barba prateada, a averiguar se o conteúdo encontrado na câmara era seguro ou se eram perversões mágicas de povos anteriores a eles. Entre as idas e vindas dos Escudo de Prata carregando livros e caixas cheias, ordenou ainda que os construtores do clã Forjaquente fechassem a câmara, alegando o perigo de manter um local velho aberto depois dos desmoronamentos.

Bem cedo, na manhã seguinte, havia uma movimentação grande na entrada da biblioteca dos Escudo de Prata. Erina Forjaquente olhou uma última vez para o papel que tinha nas mãos antes de entrar. Queria ter certeza de que não esqueceria os títulos solicitados pelo pai. O hall da biblioteca parecia pequeno com tantos lagartos aglomerados no balcão de recepção. No meio da multidão, Erina localizou a única pogan sem barba atrás dos livros e dirigiu-se para o lado oposto. Ela esgueirou-se pelos corpos escamosos até que um lagarto de barba loira trançada a puxou pelo braço.

— Ei! Achei que ia te encontrar aqui.

Viu surgir um rosto sorridente e mais largo que o normal para um pogan jovem. Suas garras ainda estavam ao redor do braço de Erina quando ela lhe devolveu o sorriso, um pouco amarelo.

— Peoro, bom te ver. Não lembro de ti na batalha ontem. Fiquei com medo que tivesse sido esmagado.

— Há! Seria preciso cair a montanha inteira para esmagar um Ceifamalte como eu, srta. Erina. Mas fiquei sabendo que alguém conseguiu dar cabo sozinha de cinco corujas que passaram pelas balistas.

— O quê? Srta. Erina, é verdade? — perguntou uma pogan Escudo de Prata atrás do balcão, com a barba rala e prateada debaixo do queixo pontudo.

— Foram cinco? Eu não cheguei a contar. — Erina tentou esconder as mãos na barba ruiva cheia de presilhas coloridas.

— Deixa de modéstia, srta. Erina. Aposto que foi uma luta bonita de se ver. Tenho acompanhado o seu treino e diria que, se não fosse pela cor da barba, poderia confundi-la com um Carvãolascado.

— Não diga blasfêmias, sr. Peoro. Tenho um grupo de Carvãolascado para atender logo ali. Eles poderiam ouvir o senhor — sussurrou a Escudo de Prata. — O que vai querer hoje, srta. Erina?

— Meu pai pediu alguns livros. — Erina demorou alguns instantes para lembrar da lista, mas enfim conseguiu fazer o pedido. — Vocês teriam disponíveis os volumes de *Segurança em Construções Desastrosas*, *Vigas de Apoio: O Suporte Que Você Precisa* e *Construindo Rápido e Sem Sujeira*? Ah, meu pai não pediu, mas eu sei que vamos precisar de novo daquele livro sobre soldas de tenebrita. Ele ainda não desistiu da ideia de soldas frias.

— Tão atenciosa. Se todos os pogans fossem que nem você... — disse a pogan prateada, já sumindo atrás de uma porta.

No lugar dela, veio Lita Escudo de Prata, a pogan sem barba, trazendo uma pilha de livros quase do mesmo tamanho que sua altura diminuta. Despejou os volumes em cima do balcão e, ao ver Erina, sua expressão de tédio endureceu.

— Estão aqui os livros que pediu, Peoro.

— É sr. Peoro para você, careca. Onde estão os livros sobre fermentação forçada? Até entendo você esquecer, criatura desleixada, mas não acredito que Daana faria um trabalho tão medíocre. A menos, é claro, que a convivência com você esteja afetando suas capacidades — disse o pogan loiro com um meio sorriso.

— Não fale assim de Daana, Peoro. Tenho certeza de que ela não esqueceria uma solicitação sua, ou de qualquer pogan — defendeu Erina, encarando Lita logo em seguida —, mas alguém esqueceu.

— Olha, Erina, eu estava aqui na frente quando esse babaca fez o pedido. Vi minha mãe anotando tudo o que ele disse e em nenhum momento ele solicitou esses livros. — Lita, elevando a voz, transferiu o olhar para Peoro. — Então se o babaca só imaginou quais livros queria pedir, eu não tenho como adivinhá-los.

    Mesmo com a barulheira do hall da biblioteca, muitos ouviram a troca de insultos. O nível de indignação pela insolência de Lita com pogans de clãs mais importantes escalou rápido e se espalhou até chegar em Daana Escudo de Prata, que estava procurando títulos nas estantes. Ao chegar no centro da confusão, ela desculpou-se por sua filha e tratou de resolver o problema logo, não sem antes ouvir protestos desrespeitosos de Lita, que precisou ser arrastada para os fundos da biblioteca.

— Eu sei que eles implicam com você, mas isso não é motivo para faltar com respeito, Lita — Daana começou.

— O idiota do Peoro ficou se achando o tal. O cara tem memória curta e eu sou a culpada?

— Sr. Peoro — corrigiu. — Eu te ensinei melhor que isso.

— A sra. quer me ensinar a baixar a cabeça. — Daana deixou os ombros caírem e não conseguiu responder. — Não me importo com o que possam fazer comigo. Não tentaram me matar sem motivo anos atrás? Pelo menos agora teriam um porquê. E não adianta me dizer que foram acidentes. Olha como esses cretinos me tratam! — Lita continuou.

— Eu me importo. Você é minha filha.

— Aposto que preferiria ser mãe da Erina, a srta. Perfeitinha. "Ai, olhem a minha barba, como ela brilha" — falou com uma voz afetada. — Não entendo como podem venerar tanto aquele vaso feito de escamas. Se gritassem nos ouvidos dela, ouviriam ecos.

— A srta. Erina não é tão ruim assim. Desde que a mãe foi levada pelos striganes, ela tem visitado mais a biblioteca. Você ficaria surpresa com a quantidade de livros que ela lê. Vocês duas são tão inteligentes. É uma pena que não são amigas. E, não, não quero outra filha, apenas uma: a que eu vi nascer e crescer sem um único fio de barba no queixo e que, nem por isso, é menos que qualquer outro pogan. — Lita titubeou. Não conseguiu encarar os olhos da mãe por muito tempo, preferindo ocupar-se com a ponta da cauda fina e comprida. Daana aceitou o constrangimento da filha como o seu jeito de demonstrar gratidão e seguiu falando: — Sabia que você não é a primeira pogan sem barba no reino? — A atenção de Lita voltou para a mãe. — Ninguém se lembra, mas, há mais de cem anos, os pogans do clã Bafo de Éter reinavam no lugar dos Carvãolascado e eles não tinham um pelo no corpo.

— O que aconteceu com eles?

— Houve uma revolta depois que chegamos a esta montanha. Foram os Bafo de Éter que construíram a câmara secreta que o rei quer fechar. Precisavam de um lugar seguro para guardar as pesquisas sobre magia. Quando os Carvãolascado atacaram, os Bafo de Éter fecharam a câmara às pressas e tentaram fugir.

— Espera, eles usavam magia? Nós podemos usar magia?

— O rei Olex quer que acreditemos que pogan nenhum pode fazer magia, mas os Bafo de Éter podiam e eles ensinaram os Escudo de Prata a fazer poções. Depois da revolta, fomos proibidos de seguir com o nosso trabalho e esse conhecimento se perdeu.

— Mas por quê? Por que esse desprezo por tudo que é mágico?

— Não são todos os pogans que conseguem conjurar feitiços e fazer poções. Quanto mais barba, menor a capacidade de enxergar a trama mágica que está à nossa volta. Por que você acha que consegue encontrar buracos e passagens escondidas pela montanha? Com um pouco de treino, a intuição que te guia poderia se transformar em algo mais concreto.

— Achei que a senhora não fazia ideia do que eu estava falando quando contei dos meus passeios. Então os Carvãolascado são os menos propensos a fazer magia?

— Sim, e tenho certeza de que o rei Olex não esqueceu isso. Foi por causa da magia dos Bafo de Éter que a revolta começou. Ele, assim como todos os outros pogans barbudos, tem medo da magia. Ele tem medo de você.

A noite já caía quando os Forjaquente encerraram o expediente na câmara aberta.

Como um buraco esculpido na rocha, a grande sala não tinha a elegância das outras construções dos pogans. O clã ainda demoraria alguns dias para finalizar a ordem do rei, e Erina estava muito distraída com o incidente da manhã para focar no trabalho. Passou a maior parte da tarde reclamando para seus irmãos como Lita era preguiçosa e irreverente. Era fato que ninguém, exceto Daana, a tratava bem, mas duvidava se Lita tornara-se desprezível por causa dos insultos ou o contrário. Por mais que tentasse, não conseguia tirar a pogan sem barba da cabeça e, com a mente tão ocupada, acabou esquecendo na câmara os livros que retirara na biblioteca.

Quando a maior das três luas alcançou o pico da montanha, Daana e sua filha entraram na câmara por uma passagem escondida que Lita encontrou. Todas as estantes, armários e gavetas estavam vazios; não tinha muito onde procurar. Daana tinha certeza de que os Bafo de Éter haviam escondido o Livro de Registros, uma espécie de diário, caso algum pogan acabasse encontrando a câmara. O volume poderia conter informações importantes sobre a história do reino.

Enquanto tateavam as paredes em busca de alguma brecha, Erina voltou à câmara para buscar os livros esquecidos. Quando se viram, as três pogans ficaram sem reação até Daana apressar-se em justificar o que estavam fazendo ali. Para a surpresa de Lita, sua mãe resolveu contar a Erina toda a história que ouvira mais cedo. A pogan ruiva nutria um grande carinho por Daana pelo apoio que lhe dera após a perda de sua mãe e, por isso, precisou de alguns instantes para assimilar as informações que recebeu. Confiava nela, além de manter uma pequena curiosidade em relação à magia, apesar da propaganda negativa e sensacionalista dos Carvãolascado. Daana conseguiu interromper as objeções de Lita e colocou Erina para ajudar a procurar o Livro de Registros. Nenhuma delas tinha percebido um pogan de barba castanha aproximar-se da entrada da câmara para ouvir a história também.

Os ânimos já estavam baixos quando Lita resolveu sentar-se no meio da sala. Apoiou as costas jogadas para trás com as mãos no chão e ficou encarando um trecho de parede sem estantes. Erina observou com certo desdém enquanto a pogan sem barba balançava-se de um lado para o outro.

— Achei!

Lita ergueu-se com um pulo, assustando as outras duas. Ao aproximar-se da parede, levou uma das mãos ao ponto certeiro onde uma estreita reentrância permitia abrir uma porta na rocha. O pequeno cofre continha um livro que ocupava quase todo o espaço disponível. Ela enfiou o volume em uma mochila e as três pogans deixaram a câmara pelo mesmo caminho que Lita e Daana haviam utilizado.

Ao chegarem na casa das Escudo de Prata, abriram o Livro de Registros sobre a mesa de jantar. As páginas estavam repletas de símbolos e imagens que as pogans barbudas não reconheciam, mas que eram familiares a Lita. Da mesma forma que era capaz de adivinhar onde havia caminhos e passagens secretas, conseguia entender a lógica daquelas palavras.

— Aqui diz que os Bafo de Éter forjaram o Colar de Tenebra, um artefato feito com a tenebrita e que teria a capacidade de prolongar a vida de quem o usasse indefinidamente. Ainda poderia modificar qualquer tipo de matéria, orgânica e inorgânica.

— Mas com qual propósito? — perguntou Erina.

Lita folheou algumas páginas até encontrar uma resposta.

— Acho que eles estavam fazendo experimentos com outros pogans. — Passou uma garra pelas linhas do livro, fazendo uma leitura rápida. — Aqui! Eles queriam transformar os pogans barbudos, fazê-los enxergar a trama mágica.

— Esse deve ser um dos motivos da revolta. Minha mãe contava que muitos pogans estavam morrendo nas mãos dos Bafo de Éter, mas não sabiam por quê — revelou Daana. — Eles devem ter levado o colar quando fugiram da montanha.

Não vimos nada do tipo quando transferimos todo o material da câmara para o rei.

— Se todos nós pudéssemos fazer magia, conseguiríamos nos livrar dos striganes de uma vez por todas. O rei Olex não se oporia em atualizar nossa ofensiva, mesmo que fosse com feitiços, se isso significasse vitória. — Erina estava eufórica.

— Ele odeia tudo que é mágico. Não vai dar o braço a torcer — disse Lita. — Se levarmos isso ao rei, qualquer chance de ver esse colar estará perdida.

— É provável que tudo tenha sido um grande mal-entendido. Esses pogans sem barba claramente estavam tentando aprimorar o nosso povo.

— Sim, mas a que custo? Aqui diz que estavam tentando um processo que envolvia extrair a essência dos pogans para confeccionar o colar. Isso antes de descobrirem sobre a tenebrita. Parece que os Bafo de Éter forçaram a saída dos pogans de sua terra natal para virem para cá por causa do metal. O rei não vai querer ignorar todo o sofrimento que os barbudos passaram pelo capricho de conjurar feitiços.

— E todo o sofrimento que passamos nesses cem anos de guerra contra as corujas? Minha mãe ainda poderia estar aqui se tivéssemos nos livrado dos striganes antes.

Lita e Erina encaravam-se sem mover um músculo. Após um silêncio que pareceu longo demais, Daana interveio.

— Já está tarde. Srta. Erina, seu pai deve estar preocupado com a sua demora. Resolvemos essa questão amanhã.

A pogan ruiva pegou suas coisas e saiu. Quando estava quase chegando em casa, o mesmo lagarto de barba castanha que ouvira a conversa na câmara, um guarda Martelo de Bronze, abordou Erina. Sua presença fora solicitada no palácio real.

O enorme saguão estava pouco iluminado, com apenas alguns pogans reunidos ao redor do trono. Ao se aproximar, Erina viu que sua família também estava presente, acorrentada e amordaçada do lado esquerdo de Olex.

— O que está acontecendo?

— Quieta! Eu faço as perguntas. — O rei, apesar da expressão furiosa, estava visivelmente com sono. — Fiquei sabendo que os Escudo de Prata não trouxeram tudo que foi encontrado na câmara, estou certo?

— Nós... Era apenas um livro, Majestade, que estava escondido na parede. Ninguém sabia que estaria ali.

— E por que não trouxeram imediatamente a mim? — A voz de Olex ecoou pelo saguão, fazendo Erina encolher-se. — Todos no reino sabem que a magia é uma coisa muito perigosa — o rei continuou, de forma branda. — Os livros que foram recolhidos falavam sobre processos mágicos, como previ. Imagino que esse volume encontrado também esteja repleto de ideias atrozes.

Diante do silêncio da pogan ruiva, Olex puxou uma das correntes, trazendo, aos tropeços, o irmão caçula de Erina para mais perto de si. Ele amparou o jovem pelos ombros e começou a acariciar sua cabeça sem desviar o olhar da pogan à sua frente.

— Não são ideias atrozes, mas uma chance de vencer os striganes — disse Erina.

Olex jogou o pequeno pogan para o lado e avançou na direção dela. Os outros Forjaquente tentaram evitar que o caçula caísse, mas o esforço foi em vão.

— O que disse?

— É-é um colar que os Bafo de Éter fizeram, se chama Colar de Tenebra. Ele permite que o usuário possa fazer magia. Eu e Lita Escudo de Prata podemos buscá-lo e...

O rei agarrou a barba ruiva de Erina e ergueu-a do chão. Olex, assim como os outros Carvãolascado, era mais alto que os Forjaquente — e mais forte.

— Você vai me trazer esse colar e irá destruí-lo na minha frente. — Ele largou a ruiva no chão e voltou calmamente para sentar-se no trono. — Eu sei quem é Lita Escudo de Prata. Os livros dizem que somente os pogans sem barba são capazes de enxergar a trama mágica, e vocês precisarão enxergá-la para encontrar o colar. Quero que a mate depois de tê-lo em mãos; não quero pogans mágicos no meu reino. Já bastam as corujas! — Erina, ainda no chão, desviou o olhar para sua família. — Ah, sim... Se não fizer o que estou mandando, não posso garantir a segurança deles. Afinal, trabalhar com construções tem os seus riscos. E se tentar voltar para a montanha com poderes e feitiços, lembre-se que já cuidamos de um clã inteiro que sabia fazer magia. Uma pogan só seria muito fácil.

O Martelo de Bronze que a trouxe levou-a de volta para casa depois de libertar seu pai e seus irmãos. Erina Forjaquente, em meio a lágrimas, aprontou uma mochila com armas e roupas extras, abraçou sua família — os pogans que mais amava no mundo —, e partiu em direção à casa das Escudo de Prata.

Quando chegou, as duas já estavam se preparando para dormir. A ruiva explicou que foi intimada a falar com o rei e acabou contando sobre o livro e o colar.

— Ele quer que a gente vá atrás do artefato. — Lita e Daana se entreolharam incrédulas. — Eu disse que ele não se oporia a usar magia para acabar com a guerra.

— Ok, então podemos reunir alguns pogans e partimos amanhã — disse Daana.

— Não! Ele quer discrição. Não quer alarmar o reino com a possibilidade de usarmos magia sem antes ver se funciona. É melhor irmos apenas Lita e eu.

— Não vou viajar com você.

— Preciso de alguém que consiga ler o livro e você precisa de alguém que possa te defender caso alguma coisa aconteça.

Daana puxou sua filha para um outro quarto e tentou acalmá-la. A viagem faria bem para as duas e permitiria Lita conhecer suas origens. Depois de uma longa conversa, a pogan sem barba aceitou a missão e decidiram partir durante a madrugada, evitando os olhares de outros pogans.

Lita terminava de arrumar a mochila com provisões quando Daana chegou com uma sacola para a filha levar junto. Dentro havia alguns ingredientes básicos para fazer poções e um caderno puído com receitas mágicas que pertencera à sua mãe. Ela havia guardado depois da revolta e esperava que um dia sua filha pudesse usar. Pela primeira vez em muito tempo, Lita sentiu um impulso de abraçar a mãe. Estava tão enferrujada, entretanto, que se contentou em apenas encostar a ponta do focinho na parte de baixo do queixo alongado de Daana, sentindo sua barba curta fazer cócegas.

Quando tudo estava pronto, despediram-se de Daana e partiram. A pogan sem barba já conhecia os caminhos que as levariam para fora da montanha sem serem vistas. Percorrera esses túneis muitas vezes durante a infância. Mas Erina nunca tinha se arrastado por passagens tão estreitas e não conseguia evitar o barulho excessivo que fazia. Em mais de um momento, tiveram que parar em total silêncio e esperar que um Martelo de Bronze desistisse de procurar pela fonte do ruído suspeito. Quando, finalmente, saíram do reino, faltava pouco para as primeiras luzes da manhã. Aproveitaram o tempo que ainda tinham para cochilar em uma pequena caverna que encontraram mais adiante.

A irritação de Lita não tinha passado ainda, mesmo depois do curto descanso. Ficou uma boa parte do caminho que seguiram pela manhã resmungando a falta de discrição de Erina enquanto saíam da montanha.

— Não consigo acreditar que você é boa nas batalhas. O que todo mundo fala é só para te agradar, né?

— O que isso tem a ver com ser silenciosa?

— Estava fazendo um estardalhaço para passar pelos túneis. Por acaso não queria sujar a roupinha?

— Eu nunca precisei me arrastar desse jeito! Não tenho culpa se você já está acostumada a rastejar por aí. Mas, pelo menos, você poderia deixar a arrogância de lado e me ajudar.

— Você é um lagarto, não preciso te ensinar a rastejar.

— Bom, se você fosse mais gentil, não seria tão discriminada pelo reino inteiro.

As discussões foram suas companheiras pelos dias que se seguiram, intercalando-se com momentos de silêncio. Nenhuma das duas tinha ido tão longe de casa antes e o incômodo de estar em um lugar desconhecido, com recursos limitados e saudade da família, obrigava as pogans a cuidarem uma da outra. Caminharam pela floresta, vizinha à montanha dos lagartos, até alcançarem a fronteira com o deserto. O Livro de Registros continha um mapa que serviu de guia para os Bafo de Éter liderarem seu povo do antigo reino até o atual. Lita tentava decifrar os símbolos incomuns enquanto avançavam, mas alguns ainda lhe escapavam.

— Tinha entendido que o lugar ficava no meio do deserto. Não deveríamos sair logo da floresta? — perguntou Erina.

— Estou seguindo o que o mapa diz.

— Sei, e você tem experiência com mapas e viagens?

— Eu trabalho com livros e muitos deles têm mapas. Eu sei o que estou fazendo.

— Só quis dizer que alguém sem conhecimentos de sobrevivência não deveria guiar ninguém.

— Você saiu de casa tanto quanto eu. Posso não ter os conhecimentos práticos, mas tenho os teóricos. O que já é muito mais do que você tem.

Erina, levada pela indignação, arrancou o Livro de Registros das mãos de Lita. A pogan sem barba tentou recuperá-lo, mas sem sucesso. Embora tivesse a sua cota de força física de tanto carregar livros pesados, não podia competir com a ruiva. Enquanto esquivava-se da pogan baixinha, a Forjaquente deu uma olhada na página que Lita tentava traduzir. Um símbolo chamou sua atenção — já o tinha visto antes nos livros que Daana emprestara. Uma linha vertical em zigue-zague, um retângulo de pé e duas setas para a direita, uma em cima da outra: o símbolo dos dincans.

— Me devolve o livro!

— Espera, acho que tem algo aqui sobre os dincans.

— O quê? Está inventando coisas, você não consegue ler o que está escrito aí.

— Espera! — Erina tentou procurar na mata algum sinal da fera descrita em seus livros da infância, mas Lita não parava quieta.

— O que são dincans, afinal? — A pogan ruiva ficou parada, sem tirar os olhos de um tronco de árvore caído. — Erina, responde!

Não deu tempo de responder. De trás do tronco de árvore, um cão vermelho com quase o dobro da altura das pogans, além de garras e dentes afiados, saltou na direção delas. Erina puxou Lita para trás de si e conseguiram escapar do ataque.

— Isso é um dincan — disse a pogan ruiva, tirando o machado da mochila.

O cão conseguiu se recuperar com bastante agilidade e logo investiu em mais um ataque. A Escudo de Prata, agarrada à mochila, observou enquanto a companheira lutava contra a fera. Erina usou o cabo da arma para segurar a boca do dincan e desviar de suas garras. Conseguiu empurrar o animal na direção contrária e aproveitou o embalo para rasgá-lo na cara com a lâmina do machado. Em seguida, partiu para cima dele com ataques laterais. Quando resolveu trocar o sentido da ofensiva com golpes de cima para baixo, ele agarrou sua perna com os dentes e jogou-a para longe. Lita, sem pestanejar, pegou na mochila um dos frascos da sacola da mãe que dizia "arsênico" no rótulo. Correu na direção do dincan e, antes que pudesse atacar novamente, ela lançou o conteúdo do frasco nos olhos e na ferida do animal. Aproveitando-se do tempo em que ele se debatia e urrava, Lita colocou Erina nas costas e escalou a árvore mais alta que pôde encontrar, deixando para trás o Livro de Registros e o machado.

Acomodou a ruiva em um galho e afastou-se para recuperar o fôlego. Erina estava surpresa com a agilidade e força de sua salvadora. Não conseguia apoiar a perna machucada para levantar-se: a mordida tinha feito um bom estrago. Rasgou a barra da túnica e amarrou ao redor da ferida.

— Obrigada por me salvar.

— Você me salvou primeiro. E agora, o que faremos?

— Os livros que li diziam que os dincans costumam andar em bandos. Se demorarmos muito para fazermos alguma coisa, podem surgir mais deles.

Lita olhou ao redor. A árvore que tinham subido estava cheia de cipós. Em suas leituras, lembrou-se de ter visto que eram bastante utilizados pelos striganes em suas construções.

— Podemos fazer uma armadilha, tipo uma rede? — perguntou a pogan sem barba.

Erina conhecia um tipo de armadilha que poderiam testar. Retirou a adaga da cintura e entregou-a para Lita poder cortar os cipós. As duas puseram-se a confeccionar a rede seguindo as instruções da pogan construtora enquanto o dincan gania e dava voltas na árvore lá embaixo.

— Como vamos fazer para que ele fique no lugar? — perguntou Lita.

— Precisamos de uma isca. Li que eles odeiam barulhos altos. Se você descer e conseguir pegar o meu machado, poderia tentar bater com a lâmina da adaga nele e torcer para que seja suficiente.

Em outro momento, Erina teria dito isso em tom de deboche, mas dessa vez falava com preocupação genuína. Não fazia ideia de como proceder. Nas batalhas contra as corujas, lutava com inimigos racionais. Nesse momento, porém, lidavam com uma criatura ágil, feroz e faminta, guiada por instinto.

— Tive uma ideia melhor — disse Lita, tirando de dentro da mochila o caderno puído que pertencera à sua avó.

Encontrou uma fórmula para fazer explosivos. Depois de algumas adaptações, usou o resto de arsênico que tinha no frasco, juntou a outros ingredientes e fez uma pasta sólida. Dividiu o produto em pequenas esferas, embrulhando-as em folhas. Em seguida, pegou sua mochila e ajudou Erina a preparar-se com a rede. Descendo devagar pelo tronco da árvore, jogou uma das bombinhas, assustando o cão, que deu um pulo para trás ao ver a explosão acontecendo ao seu lado. Lita terminou de descer da árvore e, avançando, jogou mais uma. A fera só conseguia rosnar e seguir recuando. Quando chegou no ponto exato, Erina soltou a rede e conseguiu acertar em cheio o alvo. Enquanto a ruiva tentava se levantar segurando o cipó preso à armadilha, a Escudo de Prata apressou-se na direção do dincan, que se debatia, para agarrar uma ponta solta da rede. Ao puxá-la, a trama de cipós fechou-se como um saco e, ao sinal de Lita, a Forjaquente saltou do galho onde estava, servindo de contrapeso para içar o animal preso.

Juntas mais uma vez, a pogan sem barba reuniu gravetos e galhos caídos para fazer uma muleta para Erina. Depois de resgatar o Livro de Registros e o machado, decidiram encontrar uma outra árvore para descansarem, bem longe do cão.

— Você até que se saiu bem montando a armadilha e enfrentando o dincan — disse a pogan ruiva. Lita não conseguiu esconder um sorriso, o primeiro que Erina via nela.

— Desculpe-me por duvidar dos seus conhecimentos. Minha mãe disse que você lê bastante, eu que não quis acreditar. Se não fosse por isso, teríamos virado comida de cachorro.

As duas riram. Conversaram sobre suas leituras e sobre seus sonhos. Trocaram medos, confidências, olhares. Falaram de suas famílias. Erina lembrou-se de sua missão paralela, da ameaça do rei Olex. Sentiu o peso do que deveria fazer. Não era justo, mas não tinha outra opção. Enquanto ainda caminhavam à procura de abrigo, ela baixou a cabeça e mirou o chão. Lita, achando que a companheira se sentia triste pela saudade da família, encaixou o nariz embaixo de sua barba ruiva e enlaçou o braço em sua cintura, encostando a lateral do corpo no dela.

— Vem cá, eu te ajudo.

Depois do que passaram, sentiu que estava pronta para permitir-se confiar em alguém, demonstrar afeto e ser vulnerável, finalmente.

A Vingança do Desmorto

VERÔNICA S. FREITAS

"Quem é tão firme que não possa ser seduzido?"
William Shakespeare

I

Terminado mais um dia de caça, aquelas belas guerreiras de Ártemis se resvalavam pelas margens de um riacho caudaloso, limpando as armas do sangue impuro que ainda sujava as lâminas. Os prisioneiros, escravos de seus severos punhos, tremiam de medo diante da recente barbárie: três cabeças jaziam no chão, sobre poças de um sangue escuro e venenoso. Suas peles pálidas e diabólicas denunciavam a natureza fabulosa. Tratava-se de um trio de vampiros, cujos corpos decepados ainda se contorciam numa angústia final sob estacas rústicas e afiadas de madeira atravessadas em seus peitos.

— Eram fortes, irmã, por que os mataste? — perguntou a mais jovem da trupe, que ainda aprendia a natureza da caça. Tabatha olhou pensativa para os restos hediondos daqueles seres repugnantes.

— Jurei que jamais deixaria que essas criaturas adentrassem nossos domínios novamente, e não se engane pelo porte deles: são ervas daninhas e tais devem ser arrancadas pela raiz.

A mais jovem surpreendeu-se com a severidade da sentença, observando como a irmã maior do reino passava os dedos pelo ornamentado colar de bronze a cobrir todo seu pescoço, joia cujo significado lhe era um mistério. Enquanto isso, outra amazona se aproximou, atraída pelo olhar austero de Tabatha. Tinha em mãos uma tocha acesa para iluminar o caminho do início estrelado da noite, enquanto uma terceira jogava sobre os corpos algo que parecia um pó brilhante.

Tabatha tomou a tocha e acendeu a pira. As chamas tremeluziram e lamberam a carne morta com ardor, tornando-se esverdeadas. E os olhos negros da amazona se iluminaram, concentrados no fogo esmeralda, lançando-se em profundas recordações...

Após o assalto, as amazonas se permitiam descansar e contabilizar o que fora conseguido. Ouro e joias, gado e mais escravos para o povoado de Penélope. Thalissa andava diante das quatro novas aquisições do reino, um fauno ainda moço e dois homens musculosos. O quarto escondia-se na sombra de uma árvore e era por demais singular para estar no meio dos trastes recolhidos: um vampiro. Junto a Néria segredavam o que fazer com todos e o vampiro parecia um ponto importante da questão. Selene, uma das mais novas da excursão, tentava ouvir sobre o que as duas conversavam enquanto olhava para cada escravo acuado entre as guerreiras.

O fauno tinha uma das patas feridas e mesmo assim permanecia com elas e as mãos amarradas; os homens superficialmente se portavam de maneira corajosa, mas por dentro tremiam com o resultado da decisão de suas captoras.

Quando seus olhos focaram o último, arrepiou-se com ele encarando-a. Sua íris era de um verde incrível, contrastando com os cabelos negros. A pele lívida refletia o laranja do céu que já se despedia do sol e somente assim era possível que ele estivesse ali, acorrentado junto aos outros e não transformado em pó.

Ele fitava com curiosidade aquela jovem que mais parecia uma ninfa da floresta, sem saber se tratar da joia do reino das amazonas. Os olhos briosos da moça só se desviaram quando prestou mais atenção à conversa de suas irmãs, sobre o que fazer aos prisioneiros: pretendiam ficar com os três, mas o vampiro lhes daria trabalho. Eram normalmente orgulhosos, vis e indomesticáveis, não servindo para trabalhar sob o sol escaldante. Tais criaturas só mereciam uma coisa.

Néria, uma dourada amazona de cabelos avermelhados, voltou-se para buscar seu labrys e concretizar a ideia de que deviam se livrar dele. Selene, porém, intercedeu:

— Pois se não sabem o que fazer com esse patife, deixem-no comigo que me será útil. — As duas pararam para olhá-la, surpresas. Thalissa, com seu topete imponente e prateado, questionou tal ideia. Selene sorriu pelo canto dos lábios, com ar gracioso e astuto, postando-se de frente para aquele ser, que apenas a ela levantava o olhar mítico sem notas de repúdio. — Serás meu traste de luxo, trabalharás nas minas extraindo ferro para nossas armas durante o dia e à noite na lavoura, já que esses abissais homens... — Lançou os olhos para os dois, que tremiam a um canto — ...têm a limitação de precisarem dormir. Para este, o despertar é eterno.

Suas palavras convenceram as irmãs, que, olhando-se, deixaram a cargo de Selene o que fazer com o desmorto. Ele, parecendo surpreso com o interesse, olhou para as outras duas a fim de saber se não era um jogo o que estavam a armar. Depois fitou Selene, flexionando-se de maneira cerimoniosa:

— Minha cara senhora, agradeço sua misericórdia e tudo farei para servi-la.

Por um segundo, tais palavras calaram toda a trupe das amazonas. Seu medo de perder a cabeça era tão grande que se ajoelharia aos pés delas, jurando obediência? Aos poucos o riso passou a brotar nos lábios de cada amazona e a maioria riu, vendo como sua posição lamentável o inferiorizava.

Porém, Selene foi a única que não compartilhou da mofa geral. O seu sorriso modesto pouco tinha a ver com o escárnio de suas irmãs. Sentia algo diferente nos olhos daquele vampiro e não parecia ser servidão.

— Se ele for perigoso, me encarregarei de extirpá-lo de nosso convívio. — E o brilho em seus olhos não mentia essa convicção. Somente de se olharem, os dois já pareceram entender os termos daquele acordo. Flexionando-se com leveza e engolindo o orgulho a seco, o vampiro consentiu. Enlaçado pelo pescoço por uma corda tecida com poderosas raízes, a própria Selene o conduziu, junto das outras, para o povoado de Penélope.

A noite foi de festejos, regada a vinho, carne fresca e músicas nativas, em volta de uma grande fogueira. As peles expostas e definidas das amazonas brilhavam sob a luz das chamas, ressaltando seus belos tecidos, túnicas caídas dos ombros, expondo por vezes um, por vezes ambos os seios. Algumas, mais altivas e musculosas, usavam essa parte do tecido fino justamente para esconder a falta de um deles, o qual decepavam para melhor manejarem seus arcos e espadas; outras os recolhiam sob armaduras de bronze para que seu crescimento não lhes atrapalhasse a força dos braços. Cada qual tinha seu próprio jeito de se portar para o combate, para o qual estavam sempre prontas. Mas, apesar de serem guerreiras tão fortes quanto homens, tinham beleza e exerciam um fascínio sobrenatural para aqueles que cruzavam seu caminho. Infelizmente, para eles, não eram bem-vindos em seu meio. Como escravos, ficavam bem longe de suas vistas e de seus desejos.

Assim o vampiro via aquele festejo, ainda com as mãos atadas em frente ao corpo, jogado a um canto da cerca que divisava o bosque, com a corda de raízes amarrada em seu pescoço. Concentrado como estava no riso solto e em suas imponentes vozes, surpreendeu-se com o pisotear de pedras perto dele. Olhou primeiro os pés vestidos em sandálias de tiras douradas a subir por um alvo tornozelo. Depois, as vestes azul-ultramar que se confundiam com seus longos cabelos negros e anelados caindo pelos ombros. Os olhos amarelados o fitavam com sagacidade.

Ambos pensaram à sua própria maneira: *Que curiosa criatura era aquela!*

A amazona refletia sobre como a pronta obediência do vampiro era digna de desconfiança, como lhe falaram as outras quando, chegando ali com ele, o burburinho se instalou por um quarto de hora. Mas logo se ocuparam de sua festa e esqueceram que Selene tinha gostos incomuns, e que saberia o que fazer com sua peça de luxo se assim precisasse, sem hesitação.

Ele tinha em mente, até ser capturado, que elas eram um grupo de desordeiras e selvagens figuras, mas via diante de si um povoado organizado e sagaz de mulheres guerreiras e muito inteligentes. Além disso, em frente a seus olhos colocava-se uma criatura de traços fortes e delicados ao mesmo tempo. Percebia ser ela a única cujo colo não estava descoberto. Sua candura e beleza o fazia por alguns segundos esquecer que era *ele* quem devia persuadir, encantar, seduzir.

— Qual o teu nome? — perguntou ela, soltando devagar a corda que o prendia à cerca, talvez esperando para ver se ele atacaria tão logo se visse solto.

— Yan.

A corda pendeu no chão como uma cobra morta, mas sentia como a coleira em volta de seu pescoço e das mãos o detinha de suas vontades sanguinolentas. Era muito esperta, aquela amazona.

— Yan de quê? Não tens sobrenome ou uma província?

— Não, minha senhora, sou apenas um errante. — Ele baixou os olhos desgostosos com seu leve riso.

Um andarilho peculiar!, pensou ela.

— Estás ciente, *Yan*, que serás meu servo até quando eu quiser? Que, se tentar amarfanhar-nos com tuas presas assassinas, não terás mais nenhum segundo de existência? — Com um breve gesto, ele assentiu. Tal não objeção atiçou mais a curiosidade da jovem. — Deves estar mui arrependido de andar por aquelas paragens e cair no meio de nosso assalto, não é?

Ele não disse nada, mas a olhou de maneira sugestiva. Aquilo lhe pareceu uma resposta velada que ela devia, mas não conseguia decifrar. Ficou um pouco incomodada com a fina petulância em seu olhar. Puxou-o pela corda como se fazia ao gado, um pouco irritada.

— Aqui estás no reino de Penélope — disse, o levando consigo, e não viu como seus olhos estreitaram-se com suas palavras. — Nele, obedecerás a ela e suas filhas e irmãs.

A informação deixou o vampiro intrigado e não pôde deixar de perguntar:

— Filhas?

Ela voltou-se para ele com aquele mesmo sorriso no canto dos lábios que iluminava sua feição bem mais que o calor da pira festiva.

— Sim. Tabatha... — Apontou para uma amazona de grande cabeleira marrom e cacheada a rir com suas companheiras perto de um novilho assado. — ...e eu.

Os olhos de Yan não se contiveram de um leve espanto. E interesse.

Não era do gosto de Penélope ter em seu povoado um vampiro, mesmo que fosse um escravo. Já tivera problemas com eles quando, anos antes, procurando aumentar seus territórios pela floresta, travaram combate, matando uma dúzia daquela raça de carne fria. No entanto, não podia deixar de confiar em sua caprichosa Selene, cuja personalidade tendia para a luz do conhecimento. Seu novo traste ia além de um escravo, era um experimento do qual ela não deixaria de tudo extrair. Deixava-a ter seus aferros, pois sabia terem eles resultados.

E eles não tardaram a vir.

Selene primeiro criou, daquelas raízes místicas, um colar permanente, pois sabia das vontades sanguinárias do mais novo escravo diante do farto aroma delas. Feito isso, dava-lhe animais da caça, para que, ao lhes sorver o sangue, lhes poupasse o tempo de sangria antes de suas refeições. As amazonas apreciaram ter em suas mesas carne mais fresca e macia. Os talheres e taças de bronze que elas passaram a ostentar em suas ceias também vinha da forja caprichada que o desmorto possuía com peças de fino cunho, que ele conseguia moldar com mãos de pedra.

Selene o monitorava, fascinada, passando a travar um constante convívio nas horas vagas com Yan, para que tudo pudesse saber de sua casta sombria. Enquanto ele entalhava com as próprias mãos metais que humanos demorariam dias para nivelar, ou arava a terra com uma dinâmica espantosa, ela rabiscava em pergaminho linhas de observações, histórias que ele vez ou outra deixava escapar dos muitos anos de sua existência, nunca deixando claro de onde vinha ou para onde ia caso pudesse escapar do cativeiro, discurso irritante que sempre ouvia dos outros escravos que possuíam.

E, por mais incrível que fosse até para ele, o vampiro acostumara-se ao seu temperamento tempestivo, atraído não apenas por sua beleza, mas pela astúcia de caráter que possuía. Podia ser uma flor cheirosa pela manhã, uma labareda escaldante à tarde e uma navalha afiada à noite. E ele bem podia se irritar a ponto de se rebelar de verdade, bem podia... mas devia ser surpreendente para o povoado o modo como continuava servil.

Pois a verdade é que ele tinha seus próprios planos. Não se deixara cair à toa em meio ao assalto que o acorrentara àquela comunidade, nem se ajoelhara em busca de misericórdia. Fruto de muitos anos de treinamento, sua frieza lhe rendera o ingresso para estar justamente onde desejou por quase duas décadas: no reino da temível rainha branca, Penélope.

Mas eis que não esperava que a rainha tivesse duas filhas. Seu plano inicial envolvia a matriarca e Tabatha, a mais velha. Surpreendeu-se ao ver Selene, não apenas porque teria de remodelar seus planos, mas porque Selene era... atípica. E sua proximidade com ela estava dando-lhe novas ideias e desejos. Por vezes, queria retribuir seus tapas com outros, mordê-la se não estivesse preso por encantamento, contentando-se apenas com o sangue fraco dos animais que trazia. Tinha de ter calma e paciência... sim, mas algo dentro de si dizia que estava esperando demais.

Preferia que ela fosse uma odiosa senhora que achava ter em suas mãos um escravo qualquer; tornaria o que tinha ido fazer mais fácil... Como deixara sua resignação sofrer aquela ruptura?

II

O passar dos dias tinha um significado diferente para aquelas duas raças. Para o imortal Yan, corria rapidamente, mas, para as amazonas, aquele mês solar se prolongava com uma certa nota de apreensão e expectativa.

Era o mês do acasalamento.

De tudo o que viu a bela Selene fazer, nada tinha trazido ao seu semblante a nuvem escura que significava tal data, e isso intrigava Yan. Viu a moça mais de uma vez em discussões acaloradas com sua mãe e irmã sobre o seu desejo de não participar do evento noturno, o que era negado sem hesitação pela rainha. Além do ódio normal que nutria pela corte daquele povoado, experimentou um estranho sentimento de frustração.

E, enfim, chegou a grande noite para a qual todas as amazonas jovens estavam preparadas. O brilho dos relâmpagos iluminava as feições exultantes das que esperavam na ampla clareira do povoado e Yan, espiando pelo bosque, bem sabia que essa seria uma boa noite para agir. Porém, seus sentimentos estavam confusos... E Selene, como que para provocá-lo, saiu no pátio desfilando com uma túnica fina, escarlate como o próprio sangue, juntando-se às irmãs tão sensuais e elegantes como jamais viu mulheres estarem. Calculava o que fazer, mas toda sua concentração se abalou ao vê-la correr em direção ao bosque, parecendo perturbada.

Selene escondeu-se na sombra de uma árvore, respirando fundo. Fechou os olhos com força, rogando por ajuda, enquanto seus dedos arranhavam as rugas do tronco.

Yan, ao se aproximar, assustou-a com a nota de sarcasmo que tanto usava para esconder o que sentia.

— Ora, ora, se não é a forte princesinha Selene com medo.

Ela o olhou de imediato, irada com a petulância.

— Como ousas dizer que estou com medo? — Voltou-se para ele agressiva, dando-lhe um tapa que ardeu em sua mão.

Ele, ainda com o rosto virado, sorriu, provocante, seus olhos verdes brilhando de cinismo. Aquela era a noite na qual as amazonas atacavam o povoado vizinho com um propósito diferente: capturar os homens; a única noite em que os desprezíveis tinham utilidade, a da procriação. Para algumas, o ritual não era novo; para outras, era apenas uma necessidade forçosa; mas, para almas puras e cheias de astúcia como Selene, era uma noite que arrepiava a espinha. E estava escrito que, naquela época, naquele dia, ela também passaria pela experiência, como foi com sua irmã, com sua mãe e com as outras. Ela própria era fruto de algo assim e deveria seguir o ciclo. Mas tudo o que sentia era um medo que raramente lhe acometia.

— Me parece uma bizarra discrepância a animalesca noite que terão hoje — continuou ele, lhe provocando. Selene fingia não ouvir. — Tão inteligentes, e irão copular como animais fazem.

Ela o olhou de rabo de olho, enfurecida.

— Os homens de nada valem, a não ser para dar o fruto do futuro de nossa espécie. É apenas uma formalidade.

Ele sorriu, malicioso, aproximando-se dela. Seu coração ficou uma nota mais alto e ela tentou conter a respiração.

— Por acaso já passaste a noite com um para teres tanta certeza de que se trata de uma mera *formalidade*?

— Não seja tolo! Que interesse teria em tão patéticas criaturas senão na noite de hoje, por obrigação?

A aproximação do vampiro se acentuou e de repente se viram de frente um para o outro, ele mudando sua máscara superficial de sarcasmo para o que mais próximo estava de um rubor enciumado.

— Então fica hoje e saberás que isso pode ser muito mais do que imaginas!

— Do que estás falando?

Muito próximos agora, seus olhos se prendiam aos dele, e um calor que nunca experimentou antes a inundou por baixo da curta túnica escarlate quando sentiu os lábios frios dele chegando perto da sua boca vermelha.

— Não vás... *não* te entregues a ninguém... — ele disse baixinho, deixando que seus sentimentos mais irracionais transbordassem agora, na iminência da partida dela, com imagens das mais hediondas formando-se em sua mente, fervendo seu sangue gelado.

Selene, confusa, não soube o que fazer com aquela cena inédita e continuou ali, parada, com desejos irreconhecíveis brotando-lhe à medida que sentia a boca dele muito próxima da sua...

...até que a irmã, notando sua ausência, chamou-a. Ouviu-se o relinchar dos cavalos e as amazonas já preparadas.

Voltou-se e correu para juntar-se às outras, deixando um Yan irritado na escuridão.

Os cascos dos cavalos eram o anúncio da investida conhecida. Para alguns, a empreitada das amazonas já ia de anos, mas, para outros, era novidade a noite de seu ataque nas trevas. Mesmo tentando defender-se, de nada adiantavam suas pobres armas diante das mãos colossais: elas quebravam lanças e machados num único golpe. Aos mais resistentes, portas e janelas arrombadas mostravam que nada pararia as altivas guerreiras, e, aos que sabiam o que estava por vir, só restava a obediência em servi-las.

Apesar do desprezo pelos homens e a indignação pelo que eles pensavam delas, para Selene ainda soava estranho usá-los daquele modo, violando-os brutalmente. Mas estava irritada com Yan e sua audácia em chamá-la de covarde. Desceu de seu cavalo branco e, com a túnica vermelha soprando ao vento da nebulosa e trovejante noite, avançou junto às outras, que, dispersando-se em todas as direções, invadiram as casas na penumbra.

Selene hesitou um momento, mas um breve olhar de sua irmã a desafiou.

Todavia, o homem que tomou não só reagiu como demonstrou uma agressividade surpreendente. Isso não seria problema se pudesse usar sua adaga, mas não estavam ali com o intuito da matança — ela, aliás, era proibida.

Não te entregues a ninguém!

De repente, teve vergonha do busto nu e, ao levar a mão para puxar a túnica caída, sentiu os braços fortes a agarrando num segundo de vulnerabilidade. O homem a puxara para si tão rapidamente que se assustou com qual velocidade seu corpo fora jogado para debaixo do dele.

— Vejo que és nova, te ensinarei o que fazer. — Ao sentir aquelas mãos enormes percorrerem suas coxas, os pelos se arrepiaram de nojo.

— Não farás nada hoje, imundo!

Ela tentou desvencilhar-se; ele, porém, havia tornando-se uma muralha sob seus punhos. Sentiu o roçar do peito dele contra seu busto descoberto e encolheu-se, cheia de repulsa, enquanto a situação invertia-se e era ele quem tentava violentá-la. Obrigada a pensar numa saída, ajoelhando-o de surpresa, o afastou, terminando por chutá-lo para longe. Selene o açoitou no flanco com a adaga e continuou até que o gigante caísse no chão com a mão no pescoço, sangrando, debatendo-se em agonia.

Com as mãos tingidas de vermelho, saiu ofegante, deixando a porta aberta atrás de si. Pela primeira vez, como a maioria das amazonas, usava o pedaço que lhe sobrara da túnica num único ombro, deixando o outro seio descoberto. Andou obstinada até seu cavalo e saiu a galope sob a forte chuva sem temer os furiosos raios, pois ela também se sentia parte do escuro da noite.

Antes que Selene transpusesse os portões do povoado de Penélope, Yan já podia sentir o aroma do sangue quente da guerreira. Agitou-se um pouco com a surpresa em vê-la ali tão cedo, em sentir sua inquietação, sua fúria.

Aprendera a roubar furtivamente coisas das casas e quartos das mulheres, de modo que, de tão invisível, poucas se lembravam de desconfiar. Ao perceber Selene próxima, levou um dos objetos de seus furtos para onde sabia que ela se dirigiria.

Selene entrou na casa em ruínas do bosque trêmula como nunca tinha se visto estar. Andava às cegas quando seus braços foram segurados pelas frias mãos que já conhecia. Antes que pudesse pensar, abraçou-o com o mais próximo que poderia ser de um choro. Ele afagou seus cabelos negros e sentiu a textura de sua pele e a cadência da pulsação de seu coração.

— Não consegui... — balbuciou ela, sem levantar os olhos.

As mãos dele apenas tocaram seu queixo, convidando-a a se sentar. Quando abriu a garrafa de vinho roubada e dispôs de duas taças, ela ainda recuperava a respiração. Assim, não viu quando, cortando o próprio pulso com as presas, Yan deixou cair um pouco de seu sangue na taça que ofereceria a ela.

Selene não percebeu o gosto diferente na bebida e repetiu a taça, fitando Yan de forma intensa e sentindo-se mais calma a cada gole. Na noite, os olhos do vampiro brilhavam com mais intensidade e atrevimento, e ele não hesitou em tomar o rosto afogueado dela nas mãos frias e levar seus lábios aos da jovem. Ela tentou recuar diante daquela inédita aventura, mas não conseguiu se afastar dele, deixando por fim que a mão fria acariciasse seu seio descoberto e terminasse de despir sua túnica desfeita.

As amazonas regressaram sob uma chuva fina. Havia certa tensão no andar delas pelos estábulos onde deixavam seus cavalos e no silêncio pesado do vestíbulo ao se recolherem ao grande casarão de marfim que habitavam. Algo dera errado.

A rainha Penélope estava furiosa. As amazonas abriam caminho para a grande senhora do reino passar enquanto suas vestes alvas, outrora briosas, tremulavam aos rasgos, encardida do barro do vilarejo do qual saíram às pressas. Enfim recordara de onde o semblante apurado de Yan lhe era familiar. E porque Selene matara o homem com quem deveria concretizar o ritual de acasalamento, fazendo-as terem de abandonar a empreitada mais cedo do que gostariam, para evitar um massacre de homens revoltados.

Seus olhos, indo do passado ao presente, viram o reflexo de uma moça aguardando na fresta da porta. Sem nada dizer, lhe deu o consentimento que pedia.

Tabatha poupou seus pulmões de gritos raivosos por Selene. Para sua infelicidade, sabia que caminho ela certamente tomara, e ele estava mergulhado num silêncio denunciador. Atravessou com rapidez o bosque pela trilha tênue até aquele casebre.

E Yan não se assustou quando a porta foi arrombada pela colossal mulher. Seus caracóis molhados e desgrenhados mostravam como correra para chegar ali.

E ele deliciou-se com o choque dela ao ver a cena: sobre a cama estava Selene, nua, sua túnica no chão como uma mancha grotesca de sangue vivo, dormindo num sono sem culpa. Logo atrás, Yan deslizava seus dedos pelos braços despidos da jovem amazona como se para provocar Tabatha, seus olhos verdes cintilando cheios de triunfo.

— O que você fez, Selene?! — gritou ela, inconformada.

— Ela é tão doce, Tabatha, é a única desta natureza vulgar que exala alguma pureza. — Ele passou o nariz pelo braço macio de Selene, aspirando seu aroma com profundidade. Tabatha enojou-se, avançando para desfazer aquela cena indigna. Deu um tapa no rosto adormecido de Selene, que, em confusão, começou a despertar. Pela bebida e as hipnotizantes pupilas dilatadas do vampiro, sabia que ela não acordaria com facilidade e deveria sair logo dali. Puxou-a pelo braço, jogando seu corpo no chão. Debilitada, tentou se levantar.

— Pegue ela, Agnes, e a leve para dentro. Este patife a embriagou! — disse para a amazona que chegara à porta.

— Não engane a si mesma, cara víbora. O que Selene fez está longe de ser por efeito do álcool.

Quando ela ia desfazer aquele sorriso odioso com um golpe, Yan ligeiramente tomou seus pulsos, surpreendendo-a. Só de muito perto pôde perceber que ele não usava mais a coleira mágica feita de raízes que jazia no chão, desfeita... Sentiu um frio no ventre antes de perceber a armadilha em seus olhos felinos e hipnóticos.

Ele ainda lhe deu um último sorriso antes de escancarar as presas em seu pescoço.

Agnes não parou mesmo com os gritos de Tabatha vindos da cabana. Correu com Selene para o pátio em meio à azáfama contrária das outras amazonas indo socorrer a irmã maior.

Penélope queria a execução imediata de Yan quando soube que ele era um Byron, a linhagem vampírica que ela assassinara anos antes, nas florestas. Como não deu pela semelhança antes? Era evidente que estava ali com intuito da vingança!

Exigira que Lashi-Yan Byron fosse preso no meio da clareira, para que a luz do dia o expurgasse daquela terra, mas o glorioso sol não parecia a favor de seu povo naquela manhã, pois escondera-se por trás de grossas nuvens negras.

Enquanto era trazido aos trancos por duas das mais fortes guerreiras do templo, Yan, com o peito pálido exposto, as costas sangrando dos golpes que levara de um metal que lhe queimava a pele, continuava com seu sorriso zombeteiro. A majestosa Penélope, com seus trajes brancos e cabelos louros tornando-se alvos, fitava-o diante do olhar geral de desaprovação. A lâmina de sua espada brilhava mesmo sem sol.

— Tu és mesmo tolo, infame. Então achou que irias mesmo conseguir nos fazer algum mal?

— E já não fiz? — ele lembrou-a.

Pensar na desvirtuação de Selene amargava mais sua expressão, mas não era nada que o tempo não curasse, assim como as feridas de Tabatha. Isso lhe deu um breve alívio.

— Minhas filhas ficarão bem, patife, portanto seus planos falharam todos e agora findam de uma vez!

Ela aproximou-se, levantando a espada. Todas se afastaram um passo, com um mudo respeito e temor. Até as que seguravam o vampiro o soltaram, temendo que a lâmina descesse por demais furiosa e lhes sobrasse os requisitos do seu ódio.

Desse modo, não perceberam a aproximação ligeira de uma túnica azul da cor do céu que se escondia, como se fosse o pedaço dele que surgia por entre as nuvens implacáveis.

— Não, minha mãe, não o mates!

A rainha parou seu sabre no mesmo instante, surpresa.

— Como ousas, Selene! Esta vilania a desgraça e quase assassina tua irmã e ainda o defendes? — Penélope sentia o sangue ferver ao ver sua tão estimada filha como escudo daquele ser. Porém, obstinada, Selene denunciava pelo olhar a ligação que passou a sentir depois de ter o sangue venenoso dele correndo em suas veias. Mas, acima disso, algo que sentia por conta própria dominava suas ações.

— Deixe isto a meu encargo! — mentiu para ganhar tempo. Não percebeu que, enquanto isso, à sua sombra, Yan sacava uma adaga do cós da calça, habilmente escondida de seus carrascos.

E antes que alguma delas pudesse sugerir o que estavam vendo ou intervir, Selene voltou-se para Yan, querendo fitá-lo nos olhos à procura de alguma solução.

E foi abrupto o golpe que recebeu. Certeiro, o vampiro atravessou seu coração com a lâmina afiada e, do outro lado, o tecido brilhante da roupa de Penélope foi salpicado por esferas escarlates de sangue da filha.

Selene segurou-se com força nos braços gélidos daquele ser infernal. Yan fitou-a com seus olhos verdes fosforescentes à medida que o céu escurecia e a chuva voltava a cair. Com o olhar, a amazona questionou a razão daquela traição e ele, segurando sua face entre as mãos brancas, lhe disse baixinho que não se tratava de traição. Ela logo entenderia que sentia tanto amor quanto ela por ele. E era justamente para assegurar que ficariam juntos que precisavam fazer alguns sacrifícios.

A rainha viu seu rosto voltar-se para ela num último olhar, pedindo perdão, e logo seus cabelos cobriram sua fronte. Yan a segurou quando a lâmina se desprendeu e Selene se precipitou ao chão.

— Demônio!

Os olhos de Yan faiscaram para Penélope.

— Minha cara rainha, tua falha foi me subestimar e teu castigo é que tua filha agora é minha. Para sempre. Posso não ter dizimado teu povo, mas ceifei tua mais bela flor. Eis que meu plano se encerra aqui. — E baixou os olhos para o corpo de Selene.

Penélope arregalou os próprios olhos quando, após alguns instantes inerte sob aquela poça de sangue que a chuva lavava aos poucos, viu Selene tossir e abrir as pálpebras devagar. Para pavor seu e de suas súditas, as pupilas do mais belo amendoado se tingiram de vermelho. A amazona ainda estava confusa quando olhou para todos à volta e sentiu-se estranha ali, mesmo diante de sua mãe e companheiras. Algo frio percorria suas veias e poros, e apenas os braços daquele vampiro pareciam alento suficiente para a peculiar sensação de fome...

Yan tomou a moça nos braços e, com apenas um impulso, correu velozmente antes que as lanças e machados caíssem desvairados em sua direção. Ninguém conseguiu pará-lo, nem a mais forte, nem a mais hábil ou rápida. Apenas o sol poderia executar tal feito, mas o astro estava a seu favor. E, mesmo depois de horas de busca a cavalo e a pé, não encontraram mais vestígios do vampiro ou da jovem princesa amazona. E não sabiam se queriam. Selene estava pior do que morta.

E, de forma terrível, a vingança dos Byron foi executada.

Tabatha postava-se naquela noite estrelada diante de um túmulo, quieta. Não havia corpo sepultado, apenas a lembrança de um passado sombrio. Da *não morte* irremediável de sua irmã caçula.

A jovem amazona da trupe olhava de longe a senhora depositar lírios sobre aquela terra proibida, da qual tudo o que sabia vinha de sussurros censurados. E pela primeira vez contemplava o que havia por baixo do grande colar de bronze que cobria todo o pescoço da grande irmã.

A cicatriz deformante gelou sua espinha.

Tabatha suspirou e olhou para o fio tênue da lua nova, pensando se Selene estaria em algum lugar naquele momento, fazendo o mesmo que ela, como a jovem de muitos anos atrás.

Eternamente.

Monstro feito de Monstros

MARIANA BORTOLETTI

De olhos arregalados, me sentei em frente ao caixeiro-viajante. Eu estava no meu horário de trabalho, logo não deveria me sentar com os clientes, mas a informação que o homem me deu atraiu minha atenção.

"300 emas?", repeti a quantia em forma de pergunta.

"300 emas pela cabeça da Manticora", ele confirmou, bebendo sua cerveja e sujando o bigode de espuma.

Eu nunca vira aquele homem, mas confiei nele porque outros viajantes já tinham trazido notícias semelhantes de Daerah. Localizada no centro da Ilha Continental, a cidadezinha se tornara famosa por seu monstro único. Agora, eles ofereciam uma recompensa. Uma recompensa gorda.

Frequentar as tavernas de Bandar, a capital, tinha seus privilégios. Eu descobria as melhores buscas e também as melhores recompensas. Foi nessa que eu trabalhava agora que tinha ouvido sobre os ovos de ouro de uma salamandra rara dois anos antes. Algumas moedas daquela recompensa ainda estavam na minha algibeira.

Porém, mesmo escutando sobre todo tipo de monstro, eu nunca ouvira falar numa Manticora. Os relatos dos viajantes vinham de todos os jeitos, mas as informações em comum pintavam a besta como uma criatura que devorava humanos até os ossos.

"Tem certeza de que a recompensa é essa?", perguntei ao homem, meus olhos brilhando: 300 emas significava uma vida decente por meses.

"Tenho sim! Quando a Manticora chegou no ano passado, massacrou os homens da cidade e agora está levando uma pessoa por ciclo da lua", ele informou. "Eles estão sofrendo... 300 emas é até pouco."

Continuei sentada, distraída com a ideia de uma algibeira cheia novamente, até que vi o olhar de Dulan em minha direção. Meu empregador tinha as sobrancelhas erguidas. Entendendo o recado, voltei ao trabalho. Servi cervejas, levei ensopados para as mesas e desviei das mãos que tentavam ver embaixo da minha saia. No fim da noite, voltei a pensar na recompensa.

"Você vai para Daerah?", perguntou Dulan, sorrindo. Não respondi, mas ele pareceu encorajado pelo silêncio. "Sei que você sente falta de aventuras."

Ele tinha razão. Antes de trabalhar na taverna, eu e Jihad, meu irmão, viajávamos o continente. Vimos os mares do sul, as montanhas no norte e as florestas do oeste. Vivíamos de recompensas e trabalhos menores.

Nossa última aventura fora dois anos antes, quando caçamos os ovos de ouro da salamandra e Jihad saiu machucado. Nós dois crescemos no orfanato da cidade, cuidando um do outro. Quando saímos de lá, fomos buscar aventuras. Eu e meu arco, Jihad e sua espada curva.

Descobrimos a salamandra em Telur. No início, duvidamos sobre os ovos, mas eles eram mesmo de ouro. O problema foi que a salamandra cuspia fogo e Jihad estava no caminho. Seu braço e face direitos foram atingidos. Ele era professor aqui mesmo em Bandar agora. Porém, não falava comigo desde então.

"Não posso arrastar o Jihad nessa", eu disse, passando um trapo úmido no balcão. "Ele vai me matar se eu chegar com essa proposta."

"Você vai sozinha, então?", Dulan perguntou e eu o deixei com meu silêncio.

Naquela noite não dormi.

Não seria a mesma coisa sem meu irmão. Caçar recompensas era *nossa* coisa, não minha. Mas também não tinha como deixar aquela oportunidade passar. Me vi obrigada a levantar da cama.

Fui até o baú do quarto e me vesti. Trancei o cabelo, afivelei a aljava na cintura, camuflei minha adaga na bota e cruzei a bolsa de viagem no corpo. Estava pronta para sair. Passando pela cozinha, enrolei pão e carne num pano limpo e deixei um bilhete para Dulan. Ele entenderia.

Ainda era noite quando cheguei aos muros da mansão onde Jihad era tutor. Foi apenas na quarta batida na porta de entrada que alguém soou do lado de dentro. A voz veio abafada porque a porta continuou fechada.

"Preciso falar com o Jihad, é a Briniam", expliquei para a madeira e recebi o silêncio.

Não soube se Jihad viria e nem se deveria esperar. Mas esperei. Alguns minutos depois, meu irmão apareceu. Usava um capuz que escondia metade de seu rosto. Os olhos estavam serenos. Porém, vendo meus trajes, se estreitaram.

"Não", a palavra saiu rouca de seus lábios.

"Você nem sabe o que é." Minha voz estava aguda. Fazia muito tempo que eu não via ou falava com Jihad, mas a familiaridade parecia nunca ter ido embora.

Cerrando os dentes, ele saiu para a calçada e encostou a porta atrás de si.

"É mais uma das suas furadas! É assim desde que a gente saiu do orfanato. Você ouve uma história, só pensa no que vai ganhar com ela e eu é que sofro as consequências." Ele soava magoado.

"Não foi sempre assim", teimei, cruzando os braços.

"Ah não?", ele provocou. "Lembra das montanhas? Eu que tive que lidar com as cabras! Lembra da caçada em Hutan? Aquele javali que me acertou porque você estava distraída? E eu nem vou citar Telur", Jihad terminou de elencar as memórias e eu mordi o lábio.

"Tudo bem", eu disse, então, e, me virando para ir embora, completei: "A gente se vê quando eu voltar de Daerah com a recompensa."

"Você vai caçar a Manticora sozinha?", Jihad perguntou e parecia tenso, os olhos ainda estreitos. Quase coloquei um sorriso no rosto, mas, em vez disso, ergui uma sobrancelha.

"Não se você for comigo", tentei.

"Eu sei o que você está fazendo." Ele abriu um meio-sorriso. "Não vai funcionar."

"Tudo bem, vou embora, então", falei. E, antes de me virar novamente, dessa vez em definitivo, disse: "Se você quiser dividir a recompensa, eu vou seguir pela estrada norte."

Não me virei para ver se Jihad estava me olhando, mas senti o olhar dele nas minhas costas. Meu irmão devia estar analisando todas as possibilidades agora. Devia estar consultando a biblioteca em seu cérebro atrás de informações sobre Daerah, sobre a Manticora e como ele poderia ajudar.

Esse era Jihad, o irmão inteligente. Eu era a imprudente, a impulsiva.

Quando saí dos limites de Bandar, já era noite e Jihad não me seguira. Porém, ele ainda poderia me alcançar. Meu irmão sabia que Raya era uma parada obrigatória para quem seguia pela estrada norte. Quando cheguei na única hospedaria da cidade, procurei por ele entre os tantos aventureiros.

Havia gente vinda de todo lugar, mas nenhuma delas era Jihad.

Conversando com uma viajante que voltava do oeste, não consegui nenhuma informação nova sobre a Manticora, mas descobri que Daerah era uma cidade de tradições. Ela disse que eles eram devotos dos deuses antigos lá, mesmo que toda a Ilha Continental já tivesse se convertido ao culto do Renascido.

Não era uma informação muito relevante, mas agradeci. Voltei para a estrada frustrada. Primeiro porque eu nunca viajava sozinha e segundo, porque tudo parecia sem graça sem Jihad.

Ele sempre tinha uma história e uma observação interessante.

No caminho, descobri que havia apenas uma estrada levando a Daerah. Ela passava por Tamandum, uma cidade de médio porte muito avançada. Quando cheguei à tal estrada, estava cansada, mal-humorada, faminta e suja.

Porém, não pensei em parar em Tamandum porque minhas moedas já estavam escassas. Eu esperava que Daerah tivesse um prato de comida e uma cama para alguém com as minhas intenções.

Segui pela estrada da cidade até que ela virou apenas uma passagem com marcas de rodas no chão, ladeada por árvores altas e cheias. Ali o som dos pássaros era efervescente e eu soube que estava no caminho certo. De repente, não parecia mais uma cidade na Ilha Continental, mas uma dimensão paralela.

O ar era leve, meus pés pareciam não fazer barulho e uma sensação de plenitude me tocou. Por mais alguns quilômetros, a estrada continuou serena, mas aos poucos o cenário foi mudando. Havia plantações, criações de animais, crianças correndo e uma vastidão de plantas roxas que eu nunca tinha visto antes.

Os habitantes de Daerah já deviam estar acostumados com aventureiros porque nenhuma das pessoas que vi pelo caminho olhou duas vezes para mim. Apenas senti alguma comoção quando cheguei ao centro da cidade, marcada por um chafariz de pedra branca.

Ao me ver, crianças acenaram e uma mulher mais velha abriu caminho. Era pequena e esbelta, trazendo uma aura de altivez com ela.

"Bem-vinda! Eu sou Elora Hubera, presidente do conselho da Daerah", ela se apresentou, sorrindo. "Você deve ter vindo pela recompensa."

"E você vai direto ao ponto", eu observei, sorrindo também, mas me sentindo constrangida. Eu preferia enfatizar o trabalho heroico. "Sou Briniam."

"Você deve estar cansada e com fome", a mulher observou.

"Sim, senhora", eu respondi.

Ela, então, apontou para uma carroça e desatou a conversar. Me contou que estava resolvendo questões práticas da cooperativa de tecidos que as viúvas estavam criando, como estavam sendo difíceis aqueles tempos e como nenhuma aventureira tinha ido em busca da recompensa, apenas rapazes. Ela guiou a carroça até sua casa, uma construção cinzenta afastada de tudo.

O terreno era amplo, cercado por um muro baixo e que terminava na beira do rio. Na outra margem estava a floresta. Antes da Manticora, devia ser maravilhoso acordar com aquela visão.

No caminho até a casa, passamos por uma construção retangular no pátio. O cheiro ali era inebriante, parecia misturar todo tipo de planta existente. Pela janela, vi uma adolescente trabalhando e um homem fazendo perguntas.

Eu conhecia aquela voz.

"Jihad?", perguntei, me aproximando, e meu irmão se virou devagar. Vestindo um avental, ele amassava ervas numa cumbuca. Não estava usando capuz, mas o cabelo caía sobre a face queimada. "O que está fazendo aqui?"

"Se for mais uma das suas furadas, eu mato você", ele me ameaçou como resposta, mas não me importei. Fui até meu irmão e o abracei.

"Desculpa", pedi, enterrando o rosto no peito dele, as lágrimas caindo.

"Tudo bem", ele me tranquilizou, beijando o topo da minha cabeça. "Você precisa de mim para amortecer o golpe."

Nós rimos e me afastei de Jihad, pedindo desculpas à Elora por aquele momento. Ela nos apontou a cozinha e meu irmão deixou as ervas para trás.

"Como você chegou aqui tão rápido?", perguntei no caminho.

"É muito mais rápido vir até Tamandum de barco e depois caminhar até Daerah", ele informou, sorrindo.

"Também é mais caro", observei, pensando na leveza da minha algibeira, mesmo tendo pego o caminho mais barato.

"Bem, eu não gastei toda recompensa dos ovos de ouro em roupas." Jihad apontou para o conjunto de couro que eu usava, roupas de viagem que eu realmente comprara com a recompensa dos ovos.

"Há quanto tempo está aqui?"

"Dois dias", ele respondeu. "Tenho ajudado com os animais, basicamente."

Jihad parecia tranquilo e isso era bom. Na cozinha, Elora me serviu pão, carne assada e cerveja. Devorei o prato em minutos. Enquanto eu comia, ela manteve uma expressão serena.

"Como vai funcionar?", perguntou quando viu meu prato vazio.

"A senhora nos detalha o que sabe e nós executamos", expliquei, sentindo a conversa atingir um tom sério. "Podemos começar com o seu relato."

Elora ficou em silêncio por alguns segundos antes de falar.

"O Tuhan é nosso festival de inverno, quando honramos o dom da caça dado pelos deuses", começou. "Nossos homens performam um rito e depois caçam o alimento do dia na floresta. Porém, no ano passado, eles não voltaram."

Ela considerou algo por um momento e depois continuou.

"Na nossa crença, algumas pessoas nascem com o dom de ouvir a voz dos deuses e possuem o dom da visão. Esse dom corre na minha família, e eu e minha neta o carregamos", ela informou. "E isso é importante porque Tayla viu o que aconteceu."

"A menina na oficina?", eu perguntei e Elora concordou com a cabeça.

"Sim, minha neta. Está aprendendo meu ofício, sou boticária", ela me informou. "Tayla viu com os olhos dos deuses quando os homens foram massacrados pela Manticora. Ela viu quando o monstro cantou para eles e devorou um por um."

Ao ouvir aquilo, ergui um dedo.

"Cantou?", perguntei.

"A Manticora canta para suas presas, ela as hipnotiza", esclareceu.

Olhei para Jihad sem entender e ele me olhou surpreso. Nenhum dos relatos que ouvi na taverna e no caminho falava sobre canção ou hipnose.

"Vocês não sabiam?", Elora perguntou, apertando as sobrancelhas. "Tayla disse que é a primeira coisa que a Manticora faz."

"Isso muda um pouco as coisas." Eu suspirei. "A senhora pode nos descrever a criatura?", pedi, apenas para eliminar qualquer resquício de dúvida. Se a informação do tal canto nunca tinha chegado na capital, podia ser que a descrição que eu tinha não fosse tão correta também.

"Sim, ela tem corpo e juba de felino, rosto humano, cauda de escorpião e três fileiras de dentes. Um monstro feito de monstros", disse Elora.

"Ela é venenosa?", Jihad perguntou.

"Acreditamos que sim." A resposta veio insegura.

"A senhora é boticária", meu irmão observou. "Não existe nenhuma planta que tenha efeitos contra a hipnose? Eu sei que ninguém sabe muito bem o que é essa fera, mas como a senhora tem... informações privilegiadas, poderia ter descoberto algo."

Ao ouvir a insinuação, Elora estreitou os olhos.

"Eu apenas vejo o que os deuses me mostram, nada mais", e ficou em silêncio. Nem eu nem Jihad falamos pelos minutos em que ela permaneceu quieta. Não parecia educado. "Vocês têm o que precisam?", perguntou, por fim.

"Sim", respondi, rápido.

"Vamos caçar o monstro e trazer a cabeça."

"Daerah paga e vocês vão embora", Elora concluiu o pensamento, erguendo-se da mesa. Sem falar mais nada, ela nos levou a um cômodo do lado de fora.

No cômodo havia palha seca no chão e, antes que meu irmão pudesse falar qualquer coisa, despi minhas armas e me deitei. Dormi um sono sem sonhos. Quando acordei, o céu estava arroxeado.

"O sol vai nascer daqui a pouco", Jihad declarou ao me ver acordar. Ele estava de costas na palha com uma expressão séria.

"O que vamos fazer sobre a canção?", perguntei, estalando o pescoço.

Jihad não respondeu imediatamente.

"Palha?", sugeriu, moendo um punhado entre os dedos até formar uma bola. Porém, no momento que soltou, a bola se desfez. "Vamos pedir um pouco de lã, matéria-prima é o que não falta aqui", concluiu como segunda opção.

E mesmo que aquela opção não parecesse tão acertada

assim, resolvemos levantar e começar o dia. Se bastava fechar os ouvidos com fibras naturais emboladas, alguém já não teria pensado nisso? Mais do que nunca, nossa melhor chance era localizar a Manticora antes que ela nos localizasse.

Saímos do cômodo já vestidos e armados. Jihad usava seu tradicional capuz.

Encontramos Elora e sua neta na cozinha. Quando nos viram, elas se apressaram em terminar o que faziam. Tayla preparava duas trouxas com pão, queijo e carne seca, enquanto sua avó mexia em frascos de vidro. Parecia selecionar algumas substâncias porque havia uma fila sobre a mesa.

"Estes são elixires que vocês podem precisar." A boticária apontou para quatro frascos coloridos. "Azul para amenizar dores gerais, verde para expulsar venenos, amarelo para estancar ferimentos e o roxo é um presente da Tayla."

"Essência de penawar", a menina informou com um sorriso e eu precisei me segurar para não rir. De que adiantaria essência numa caçada? "É feito da flor roxa que cresce apenas em Daerah."

"Do campo na entrada da cidade?", Jihad perguntou, pegando o frasco da mesa e abrindo-o para cheirar. Estiquei o pescoço para cheirar também. Por algum motivo, aquele perfume me fez sentir calma.

"A penawar tem propriedades calmantes", informou Elora. "Vocês podem precisar em algum momento da jornada."

"Obrigada", agradeci, jogando os três frascos da mesa dentro da minha bolsa e deixando que Jihad guardasse a essência. "Esperamos voltar dentro de alguns dias", eu disse numa conclusão e Elora acenou com a cabeça.

Na saída, Tayla nos alcançou as trouxas de comida e Elora esticou um amontoado de lã para Jihad. Por fim, elas nos desejaram boa jornada.

No caminho até a praça, meu irmão moldou bolinhas de lã com as mãos. Ao chegarmos no chafariz, a luz do sol já iluminava os telhados.

"Esse é o ponto sem volta", falei quando atravessamos

a ponte de pedra sobre o rio e encaramos a floresta. Empunhando a espada curva, meu irmão foi o primeiro a entrar, desaparecendo por uma trilha estreita na muralha de árvores. Eu o segui de perto.

O sol de verão era amarelo, mas estava verde dentro da trilha. Seguimos aquele caminho até que ele nos levou a uma bifurcação. Havia uma trilha a oeste, ampla e clara, enquanto a trilha a leste era densa e um pouco assustadora. Apontei para oeste sem dizer nada e Jihad concordou.

A parte boa daquelas trilhas estreitas era conseguir cuidar o que vinha da frente e de trás. Jihad andava com a espada em punho, retirando ramos que pudessem atrapalhar a caminhada, e eu seguia com o arco armado, praticamente caminhando de costas.

Era silencioso entre as árvores, mas não era tranquilo. Não havia pássaros cantando, tudo era úmido, o ar era pesado. A vida da floresta parecia tão acuada quanto os moradores de Daerah.

Andamos naquela trilha por tanto tempo que meu estômago doía de fome quando encontramos uma clareira. O sol chegava ali, mas havia algo de errado com o chão. A grama estava amassada e cinzenta, o terreno era acidentado e havia pedaços de tecidos pelo chão.

Avancei pela clareira sem esperar Jihad para investigar. Havia pedaços do que um dia tinham sido camisas, calças e mantos. Havia botas de couro manchadas de sangue e armas abandonadas.

Nós tínhamos encontrado o cemitério dos caçadores.

Era triste e claustrofóbico, embora claro e aberto. O ar ali era pesado e cheirava mal. Era chão amaldiçoado e eu achei ótimo quando Jihad apenas saiu caminhando por uma trilha ao norte porque eu queria mesmo ir embora. Eu e meu irmão já tínhamos visto muitas coisas, mas nunca a morte.

Ver o que havia sobrado daqueles homens embrulhou meu estômago. Não havia nada, apenas o que a Manticora não conseguiu devorar. Daerah nunca conseguiria dar uma despedida adequada àqueles homens.

"Precisamos de um lugar alto", Jihad declarou quando o sol já estava laranja e eu concordei. Precisávamos pensar nos próximos passos.

Caminhamos por mais uma hora e resolvemos forçar travessia por entre alguns galhos quando escutamos barulho de água. Cruzando a barreira das árvores, encontramos a margem de um enorme lago cristalino que refletia a lua recém-nascida no céu.

Deixando que meu irmão explorasse ao redor, me sentei sobre uma pedra. Todo o meu corpo doía pela caminhada, meu estômago roncava e minha cabeça explodia. Jihad se sentou ao meu lado depois de garantir que estava tudo bem.

"Amanhã, podemos seguir por ali e observar lá de cima." Ele apontou para uma trilha que levava a oeste e depois para o topo de uma colina. "É lua cheia, não vamos precisar de uma fogueira."

Concordei e, pouco tempo depois, estávamos nos alimentando em silêncio. Comi um pedaço de pão e algumas tiras de carne vendo Jihad fazer o mesmo. Depois de alimentados, estava na hora de descansar um pouco.

"Eu fico no primeiro turno", meu irmão declarou e eu assenti.

Deitei na beirada do rio, as bolas de lã nos ouvidos servindo como um bloqueio para o som que o movimento da água fazia. De novo, dormi de imediato. Foi um sono vazio, mas que me renovou; quando Jihad sacudiu meu ombro no meio da noite, levantei sem preguiça.

Ele se enrolou em seu manto, puxou o capuz sobre os olhos e dormiu. Por minha vez, me sentei sobre a pedra, buscando me distrair com qualquer coisa enquanto garantia que não havia nada de errado ao redor.

Abri minha bolsa e contei as porções de comida, cheirei todos os elixires de Elora e, quando não havia mais o que explorar, puxei a bolsa de Jihad.

Encontrei a essência de penawar e resolvi abrir o frasco, mas, por algum descuido, derrubei metade do conteúdo na minha jaqueta. Xinguei baixo. O cheiro da planta estava por toda parte em mim agora. Um cheiro calmo e lento, cheiro de limpeza e de plenitude.

Não adiantou tentar secar a essência derramada, então resolvi aceitar aquele fato. Guardei o frasco na bolsa de Jihad e olhei para a lua. Ela já estava baixa no céu, o sol nasceria em algumas horas. Quando percebi a coloração do amanhecer, sacudi o ombro de Jihad.

"Você tomou banho de essência?" Jihad perguntou ao acordar, cobrindo o nariz.

"Eu derramei sem querer", respondi, brava, e ele começou a rir.

Tomamos o café da manhã enquanto subimos pela trilha que meu irmão apontara na noite anterior. Não era uma subida íngreme, mas levou bastante tempo. Também não parecia uma colina muito alta, mas, quando chegamos ao topo, conseguimos enxergar todo o caminho já feito e uma parte da Ilha Continental que nunca tínhamos visto antes.

Lá em cima, vimos que a colina terminava em um desfiladeiro, um corte na pedra que levava diretamente para um rio que passava lá embaixo. Parecia ser o mesmo rio que cortava Daerah. Olhando para trás, vimos o lago onde dormimos, mais adiante havia a clareira dos caçadores e, depois da muralha de árvores, estavam as construções de Daerah.

"Não há sinal de ninho", Jihad observou, olhando ao redor.

"Você sabe com o que um ninho de Manticora se parece?" perguntei com um sorriso irônico e vi os ombros dele caírem.

"Vamos levar uma vida tentando encontrar esse monstro", ele disse com um suspiro e se virou para o topo da colina, onde se estendiam mais árvores. Jihad tocou meu ombro, então, e eu me virei também.

Exatamente no meio de uma cortina de árvores, havia uma trilha enorme e arredondada, amassada por todos os lados, como se algo grande tivesse forçado sua passagem. Arregalei os olhos e vi um sorriso no rosto de Jihad. Sem falar, preparei meu arco e ele desembainhou a espada.

Provavelmente tínhamos achado. Se aquele não fosse o

ninho, pelo menos a Manticora passara por ali. Era uma pista. Tomei a frente na caminhada dessa vez, notando como ali era mais silencioso e mais fedorento do que as outras partes da floresta. O cheiro que vinha com a brisa era insuportável: misturava sangue, fezes, carne podre e urina.

Apenas aquele cheiro fazia meu coração bater mais rápido. Parecíamos estar havia uma eternidade naquela trilha quando ela se abriu numa clareira. Exatamente no centro, em meio à matéria regurgitada e galhos, dormia o monstro.

Era maior do que eu imaginei. O corpo de felino estava enrolado como um gato, patas cruzadas e face escondida pela juba. A cauda de escorpião descansava ao lado. Acenei para Jihad e ele parou de caminhar. Então, me ajoelhei e puxei a corda do arco, mirando exatamente na cabeça da fera.

Bastava largar a corda para que a Manticora fosse atingida, mas algo fez com que as orelhas dela se mexessem. Devagar, sua cabeça virou em nossa direção e ela começou a cantar. Sua canção era calma e relaxante, mas eu não senti mais nada do que isso. Não houve hipnose alguma e por um momento sorri porque as bolas de lã tinham funcionado.

Porém, quando ouvi a espada de meu irmão caindo na grama, percebi que havia algo errado. Jihad tinha um sorriso no rosto, uma expressão de total felicidade, e tentava passar por cima de mim para caminhar em direção ao ninho.

O rosto andrógino do monstro sorria para nós, mostrando as fileiras de dentes afiados. Sem pensar duas vezes, apontei o arco para a testa da criatura e atirei, mas ela ergueu a pata dianteira. Minha flecha acertou no coxim.

O monstro urrou, levando a bocarra até a flecha, e eu saí correndo pela trilha levando Jihad pelo pulso. Ele me atrasava, me fazia tropeçar, mas eu não o largaria. Minha aljava estava cheia e eu mataria aquela besta antes que ela chegasse no meu irmão.

Olhei para trás e vi a Manticora mancando em nossa direção. Ela era lenta, mas determinada. Jihad tropeçou e caiu, me levando junto. Ainda no chão, preparei o arco mais uma vez e atirei. A Manticora pegou minha flecha com os dentes e eu atirei de novo. Acertei sua orelha felina, atravessando o tecido. Ela urrou e eu saí correndo com Jihad.

Já podia ver o topo da colina, então me apressei. Meu irmão ainda sorria como um idiota quando chegamos ao desfiladeiro. Atrás de nós, eu podia ouvir a Manticora amassando folhas em seu caminho. Por isso, puxei mais uma flecha e atirei para dentro da trilha para ganhar tempo.

Ouvi mais um urro e me aproximei de Jihad. Dei um tapa no rosto dele, mas não adiantou. Então, continuei segurando seu pulso e pensando nas possibilidades. Não daria tempo de correr pela trilha que descia a colina e eu nunca conseguiria matar a Manticora e cuidar de Jihad ao mesmo tempo.

"Vamos ter que pular", eu falei alto, cruzando o arco no corpo e, enlaçando a cintura de Jihad, o puxei para o penhasco. O chão sumiu sob nossos pés e, um segundo mais tarde, fomos dragados pela água gelada do rio.

A correnteza era forte ali e eu me perdi de Jihad assim que mergulhamos. Não foi fácil tentar direcionar meu nado e eu apenas consegui retomar o controle quanto trombei num banco de terra numa parte remota da floresta. Estabilizei meu corpo na água e nadei até a margem.

Não tinha ideia de onde estava nem onde meu irmão tinha ido parar.

Estava ficando escuro e eu começava a sentir frio. Porém, decidi subir o rio, gritando o nome de Jihad e investigando qualquer sombra que se parecesse com ele. Foi só algumas horas e quilômetros mais tarde, quando eu já estava me remoendo de culpa, que meu grito foi respondido por um ataque de tosse.

Jihad era um amontoado de roupas preso numa pedra, metade do corpo dentro da água corrente.

"Desculpa", eu pedi repetidas vezes enquanto tirava meu irmão do rio e buscava gravetos para acender uma fogueira. Ele estava tremendo e machucado.

Seus braços e pernas estavam cheios de hematomas e, lembrando dos elixires de Elora, vasculhei minha bolsa, mas apenas encontrei frascos quebrados. Aproximei Jihad do fogo, ele se secou e dormiu. Quando acordou, eu o alimentei com pão e carne que sequei no fogo.

"Desculpa por mais essa furada", pedi, envergonhada.

Jihad demorou a me responder. Seu rosto não estava coberto pelo capuz nem pelos cabelos. Eu conseguia ver a pele queimada por inteiro.

"Tudo bem, foi uma aventura", ele respondeu com um sorriso cansado.

Jihad demorou para me perguntar sobre a hipnose e levou ainda mais tempo para admitir que sua invenção não tinha dado certo. Porém, nenhum de nós soube responder por que eu tinha ficado consciente e ele não.

"Talvez porque você seja mulher", Jihad tentou depois de algumas opções.

Eu dei de ombros. Pouco importava agora se o fato de eu ser a primeira mulher a encarar aquela caçada e não ser hipnotizada estavam relacionados. Eu estava contente de não termos morrido. Só queria voltar para casa, rever Bandar e trocar aquela roupa porque a essência de penawar ainda estava em mim.

"Onde nós estamos?", meu irmão perguntou, então.

"Não tenho ideia", informei, completando depois de mastigar um último pedaço de pão: "Mas aposto que, se descermos o rio, vamos terminar em Daerah."

"Sem a cabeça da Manticora", Jihad observou, as sobrancelhas pressionadas.

"Elora vai adorar", eu ri.

Lar de Carvalho Abaixo

FÁBIO ARESI

—*Skreeeeeeeeeeeeeeeee!* — O estridente rugido rasgou a noite, ecoando por um longo tempo sobre as árvores do Bosque Cinzento, terrível como uma lâmina afiada. No interior escuro de seu rústico Lar de Carvalho, Caedmon sentiu-se estacar. Não da maneira habitual, como havia sido ensinado por seu pai de adoção, Hugor Ermitão, à moda de um predador que fica imóvel para aguçar os sentidos e não assustar sua presa. Não, aquele era outro estacar. Um ao qual, na verdade, o jovem caçador estava pouquíssimo acostumado. Incapaz até mesmo de respirar, ele havia sido apunhalado pela gélida adaga do medo. *O que, em nome do Criador e Pai dos Homens, é...*

O som que voltou a lhe interromper o pensamento foi mais baixo em comparação com o anterior, mas nem por isso menos assustador. Sonoras lufadas de vento indicaram o bater de poderosas asas, não exatamente próximas, porém o próprio fato de poder ouvi-las daquela distância foi o suficiente para lhe eriçar os cabelos da nuca e lhe atingir como um violento soco no estômago.

Em meio ao torpor provocado pelo medo, Caedmon repreendeu a si mesmo por não haver, em momento nenhum, cogitado a possibilidade de que o predador misterioso que ele havia tentado rastrear nos últimos dias fosse um animal voador. *É claro!*

De que outra forma explicar a ausência de pegadas? Mesmo assim, o jovem eremita tinha a certeza de que nenhuma das aves que ele conhecia produziria lufadas tão poderosas como aquelas. Elas indicavam de maneira comprobatória que a besta era grande o suficiente para ser a responsável pela cena que ele presenciara nos limites do Bosque Cinzento em uma de suas rotineiras rondas. Os corpos dos dois jovens camponeses que ele havia descoberto possuíam rasgos e mordidas que garra ou presa de fera nenhuma que ele já tivesse visto poderiam causar. Eram grandes o suficiente para serem obras de um dragão.

O último pensamento veio contra a sua vontade. *Dragões não existem*, ele se recriminou, irritado. Pensar em histórias para assustar crianças era o que ele menos precisava naquele momento. Porém, com as lufadas soando cada vez mais altas e próximas, veio também a tenebrosa certeza de que aquele não era um bater de asas comum, feito de penas. Mais sentido do que propriamente ouvido, o som que acompanhava cada movimento do ar era o do estalar de couro. *Longas são suas asas de couro, cobrindo a luz do sol num terrível agouro* A mente de Caedmon devaneou por um momento, trazendo à memória o estribilho da velha canção que ele aprendera com Hugor Ermitão.

Você deveria estar mais preocupado em conseguir luz, ele trouxe a si mesmo, de volta para a realidade. A criatura alada aproximava-se depressa. *Woof woof woof woof.* Ele teria que agir ou morreria no escuro. "Use seus instintos, Caedmon", ele ouviu a voz fantasma de seu pai adotivo lhe sussurrar ao ouvido, vinda do passado. "Às vezes, não temos tempo para pensar antes de agir. Nesses casos, você deve confiar nos instintos que a natureza lhe deu. O que lhe dizem as suas tripas?" *Luz, Ermitão. Elas dizem LUZ!*

Com a mesma cega obediência com a qual ele sempre seguia as lições de seu pai de criação, o caçador deixou seus instintos assumirem o controle da situação. Ele precisava de fogo. Seu corpo se moveu pelo aposento imerso em escuridão, braços à frente do corpo para poder se orientar. *Woof woof woof.* Caedmon andou até a mão esquerda alcançar uma parede de madeira e a rede de cânhamo que nela estava pendurada. Foi o necessário para ele saber exatamente onde se encontrava. Ele então atravessou a sala em passos apressados por sobre o alçapão fechado que levava para o solo e encontrou com facilidade a lamparina presa à parede oposta. *Woof woof woof.* Logo abaixo, no chão, empilhavam-se tochas feitas de galhos, seiva inflamável e linho. Caedmon catou uma delas e derramou um pouco do óleo da lamparina sobre o retalho de linho. Algumas faíscas de sua pederneira foram o suficiente para incendiar o tecido úmido e trazer luz para o aposento. Com a chama da tocha, ele acendeu a lamparina e voltou a pendurá-la em seu suporte na parede.

O bater de asas tornou-se mais alto, e Caedmon correu para acender as lamparinas exteriores do Lar de Carvalho enquanto ainda havia tempo.

Wooof wooof WOOOF. O barulho de couro estalando e deslocando o ar cresceu, e o caçador sentiu o pânico começar a lhe invadir a mente. Através das aberturas que levavam para as pontes suspensas, ele conseguiu tremulamente acender duas das lamparinas penduradas no exterior da cabana na árvore antes de ouvir o poderoso rufar de asas pairar acima de sua cabeça — *WOOOF WOOOF WOOOF* — e silenciar-se com um violento estalar de galhos e chacoalhar de folhas. O topo do imenso carvalho balançou ante o pouso do monstro voador, fazendo balançar também o Lar de Carvalho.

— O que, por todos os demônios, é você? — Caedmon deixou escapar em meio ao espanto. A tocha caiu de sua mão e se perdeu na escuridão.

— *SKREEEEEEEEEEEEE-EEEEEE!* — o grito da criatura veio em resposta, estridente e terrível, ecoando acima da vasta extensão do Bosque Cinzento e cravando garras de gelo no coração de Caedmon.

Paralisado pelo medo, o jovem voltou a ouvir folhas chacoalharem, galhos estalarem, e sentiu o Lar de Carvalho voltar a balançar sob seus pés. A constatação veio depressa: *Ele está descendo.* O sangue pulsava em seus ouvidos e têmporas. *Ele vem atrás de mim.* O coração martelava contra o peito, como se quisesse abrir caminho entre as costelas e fugir para longe dali. "O que lhe dizem as suas tripas?", Hugor voltou a perguntar dentro de sua cabeça. Caedmon olhou para o teto, o pânico estampado em seu rosto. A trama de galhos que sustentava a cobertura de palha era grossa e resistente, mas seria ela forte o suficiente para aguentar o peso de um dragão — *Dragões não existem, Caedmon!* — ou do que quer que estivesse vindo em sua direção? A armação já havia suportado inúmeras tempestades no passado, algumas realmente assustadoras. Mas uma coisa era uma tempestade, feita de vento e chuva; outra coisa era o que aquele pavoroso tremer e estalar de galhos anunciava caindo com tudo sobre ela. A rústica cabana construída na copa do Pai Carvalho, a maior e mais antiga de todas as árvores do Bosque Cinzento, talvez representasse a única proteção do jovem caçador contra a criatura, mas será que ele podia contar com ela de fato? *Logo descobrirei*, ele pensou, num amargo misto de terror e ansiedade.

Tentando ao máximo controlar o medo, o jovem arrolou em sua mente as demais opções. Correr pelas pontes suspensas até as plataformas menores do Lar de Carvalho apenas faria dele uma presa fácil, sem contar com o fato de que os pequenos postos de vigília montados nos galhos mais extremos do Pai Carvalho eram ainda mais vulneráveis do que a cabana em si. Ainda como alternativa, ele poderia descer pela escada de cordas do alçapão e fugir para o solo, o que talvez o salvasse da morte imediata. Porém, forçar um combate lá embaixo, sem nenhuma fonte de iluminação, resultaria no mesmo final trágico. Ele estaria às cegas, tão indefeso quanto um pássaro sem asas. *O que dizem suas tripas, Caedmon?*

Por instinto, suas mãos procuraram o arco atravessado

ao corpo. Sem nem o perceber, ele sacou a arma com a mesma destreza silenciosa de quando espreitava suas presas. Sentia a boca amarga, como se provasse uma fruta madura bem além do ponto. Seus dedos retiraram com rapidez uma flecha da aljava de palha trançada que ele levava pendurada às costas.

Os protestos do imenso carvalho tornaram-se mais próximos à medida que galhos maiores rachavam e ramadas inteiras pareciam ser arrancadas com violência. Caedmon pensou ter ouvido, por sobre o pulsar do sangue em seus tímpanos, o mesmo arranhar de garras em madeira que os jaguares produziam ao escalarem as árvores, só que este chegou aos seus ouvidos com uma dose bem maior de terror. *O que dizem suas tripas, Caedmon?* O jovem deslocou-se para o centro da plataforma coberta, encaixando a flecha na corda de seu arco longo e puxando-a até retesar o maleável teixo e conseguir a tensão necessária.

O monstro chegaria ao Lar de Carvalho a qualquer momento. *O que vocês têm a me dizer, suas malditas?* Com exceção da horrorosa sensação de inverno na barriga, suas tripas não lhe diziam mais nada. Uma palavra, porém, surgiu de modo involuntário, frágil a princípio, sussurrando do fundo tumultuado de sua mente. *Sobreviva.* O medo quase lhe forçava a largar arco e flecha e partir em disparada, não interessava para onde. Apenas fugir, como uma desesperada lebre disparando de um gato selvagem. A palavra, no entanto, persistiu. *Sobreviva.* Ela forçou seu caminho com determinação, digladiando em meio ao turbilhão provocado pelo pânico e a ansiedade. *Sobreviva.* O barulho acima da trama de galhos que sustentava o teto da cabana tornou-se terrivelmente mais alto. A besta estava quase em cima dele. E foi então que a palavra assomou sobre o torpor do medo. *Sobreviva. Sobreviva. Sobreviva.*

— Sobreviva. — Caedmon ouviu-se dizer em voz alta, e, ao ouvir sua própria voz, emprestou-lhe mais força, transformando-a num brado desafiador — Sobreviva para mostrar a esse miserável quem é o verdadeiro predador aqui. Sobreviva por Hugor Ermitão. Sobreviva, Caedmon!

Não havia mais caos em sua mente, apenas seu instinto, afiado como a ponta de sua flecha, dizendo-lhe para sobreviver. O Lar de Carvalho sustentaria a fera? Aquela era a hora de descobrir.

O barulho tornou-se mais próximo, e logo os galhos grossos armados em trama no teto do Lar de Carvalho gemeram e arquearam. *O teto vai cair,* ele pensou, com súbito desespero. Porém, de algum modo, ele se manteve firme. Caedmon girou em círculos, de prontidão, alternando a mira da ponta afiada de sua flecha entre as quatro entradas da cabana, pronto para o disparo.

— Venha! — Ele se ouviu gritar a plenos pulmões. Sua voz soou áspera e furiosa, assustadora até para ele mesmo. — Venha me pegar, se puder!

A cabana voltou a tremer sob o peso da criatura desconhecida, fazendo estalar os galhos da armação do teto e tremeluzir a luz amarelada da lamparina presa à parede.

E então Caedmon ficou face a face com seu algoz.

A cabeça que surgiu na abertura da cabana voltada para o norte era da cor do bronze, comprida e escamada como a de um lagarto, mas seu tamanho era quase duas vezes maior que a de um cavalo. Os olhos eram dourados, brilhantes e furiosos. *Um dragão!* Por um instante, Caedmon simplesmente estacou, fascinado, sem saber o que fazer nem o que pensar. Era difícil acreditar no que estava vendo. Porém, assim que a cabeça reptiliana do monstro o avistou, ela invadiu a cabana, sustentada por um pescoço longo e escamoso, tirando o caçador de seu transe. A cabeça investiu na direção do jovem com a mandíbula escancarada de maneira grotesca, exibindo fileiras de dentes negros, enormes e afiados. Um rugido estridente ameaçou sair dela, mas a flecha de Caedmon foi mais rápida. O projétil viajou pelo curto espaço entre o homem e o monstro, para instalar-se no fundo da garganta do réptil, que recolheu com rapidez a cabeça para fora da cabana, guinchando.

Caedmon gritou de triunfo ante o acerto instintivo. Porém, o tremer e arranhar das paredes pelo lado externo deixou claro que o monstro ainda estava longe de se entregar. Os dedos do jovem buscaram mais uma flecha na aljava de palha trançada e a posicionaram na corda para o próximo disparo.

— Venha — Caedmon sussurrou entre dentes, puxando a corda com força até tensionar a madeira do arco. Sua mira apontava para a entrada da cabana, imóvel, e uma parte dele se surpreendeu com a compenetração que ele conseguia reunir numa situação como aquela. Sua respiração se tornou mais controlada, e ele quase podia sentir crescer dentro dele uma espécie de empolgação. — Mostre de novo essa sua cabeça feia para eu lhe colocar mais um enfeite.

Os galhos que sustentavam o teto de palha arquearam mais um pouco com estalos dolorosos de protesto enquanto o animal se deslocava sobre ele. *A estrutura não vai aguentar por muito tempo.*

A gravidade da situação lhe trouxe de volta o frio no estômago. *Tenho que sair daqui ou serei esmagado até a morte.* A besta voltou a espreitar para dentro do Lar de Carvalho, desta vez pela abertura voltada para o leste, e Caedmon não hesitou antes de desferir outra flecha. Esta, porém, acertou apenas de raspão o couro escamoso do monstro, fazendo-o recuar.

Durante a movimentação do enorme réptil pela parede lateral da cabana elevada, sua longa cauda passou pela abertura, invadindo o aposento e desferindo um poderoso golpe que, por pura sorte, atingiu apenas o arco de Caedmon, desarmando-o. Com a cabana inteira aos chacoalhões, o jovem caçador cambaleou para trás, apavorado, ao tempo que a poderosa cauda cortava o ar. *Por todos os demônios, aquilo é um ferrão?* No final do longo membro, um grande e pontudo aguilhão, semelhante ao de um escorpião, brilhava com um líquido pegajoso, buscando cegamente seu alvo. Por um instante de devaneio, Caedmon se lembrou da velha canção sobre dragões que Hugor Ermitão havia lhe ensinado muitos anos atrás, e estranhou o fato de que, em nenhum momento, ela falava sobre ferrão venenoso. Então, outro pensamento — bem mais imediato — invadiu sua cabeça. *Ele por pouco não me acertou com aquilo*, Caedmon deu por si, assombrado. *Eu poderia estar morto agora ou agonizando de maneira terrível com o veneno. O que é você, afinal?*

Foi nesse momento que, ao desferir outro golpe a esmo com a cauda, o monstro atingiu a rede de cânhamo presa à parede, enganchando nela seu o ferrão. Por instinto, a mão de Caedmon desceu até Aguilhão, a pequena faca de caça que era presente de seu pai adotivo, e que o jovem levava sempre presa ao quadril. *E o que você pretende fazer com ela, Caedmon?*, ele se perguntou, em um lampejo de lucidez. *Cócegas na cauda do dragão?*

Seus olhos percorreram pelo interior do Lar de Carvalho até se deterem sobre a lança curta que descansava na parede oposta àquela em que o monstro havia se engatado. A criatura forçava sua cauda, rasgando o resistente material da rede e sacudindo toda a estrutura da cabana. Caedmon correu até a lança e a tomou com as duas mãos. A ponta da arma era de aço longo e afiado, mas conseguiria ela perfurar o couro do monstro? Aquela não era a hora de hesitar. Reunindo toda a coragem que conseguiu, o jovem disparou em direção à cauda invasora e, com um grito de fúria, atravessou metade da lança no membro escamoso da criatura.

Lá fora, um guincho terrível dilacerou a noite. Movido pela dor, o monstro, por fim, conseguiu desprender sua cauda da parede, acertando Caedmon em cheio no peito e o lançando através do aposento como se ele fosse um boneco de capim seco. Uma dor lancinante lhe invadiu a nuca quando sua cabeça se chocou contra a parede oposta. Sua visão ficou turva, e ele se viu em uma lenta queda para o chão. *Não, não posso desmaiar agora*, o jovem disse para si mesmo enquanto atingia o piso da plataforma. O interior da cabana lhe pareceu subitamente muito amplo e, mesmo deitado e com a visão embaçada, ele conseguiu distinguir a longa cauda do monstro sacudindo lá longe, do outro lado do imenso salão. *Levante-se, Caedmon! Levante agora!*

Tentando ignorar a dor e a tontura, Caedmon se ergueu com dificuldade e cambaleou até o machado rústico de lenhar preso à parede. A cauda do monstro, atravessada pela lança com ponta de aço, debatia-se freneticamente, tal qual uma gigantesca víbora presa em uma armadilha, incapaz de passar pela passagem da cabana. O Lar de Carvalho sacudia e estalava ante a dor e a fúria da criatura ferida. Tudo aquilo, porém, parecia acontecer de forma muito lenta na mente de Caedmon. Era como se o Lar de Carvalho — e o próprio Bosque Cinzento — houvessem sido submersos no fundo de um lago. Mas ele sabia que aquela lentidão era ilusória, causada apenas pelo forte impacto que havia atordoado sua percepção. O monstro logo quebraria a lança e libertaria seu ferrão. O jovem não teria outra chance.

Correndo como um bêbado, o caçador avançou pelo interior da cabana e, com as duas mãos, desceu sobre a cauda da besta o mais pesado golpe de machado que jamais desferira em sua vida. O machado não havia sido feito para o combate. Porém, o fato de a lenha ser fator de vida ou morte durante os invernos rigorosos do Bosque Cinzento fazia com que sua lâmina estivesse sempre muito bem afiada para o trabalho. Caedmon a teria feito sumir por inteiro no tronco de uma árvore com um golpe como aquele. Ali, no entanto, ele desencadeou uma acelerada reação em cadeia. O venenoso ferrão decepado caiu com um baque surdo no chão. A fera soltou outro de seus guinchos ensurdecedores. A lança atravessada na sua cauda se partiu com a pressão imposta sobre ela. As armações de madeira acima da cabeça do caçador gemeram, estalaram e envergaram. O jovem atirou-se para fora do aposento por reflexo, no encalço da cauda mutilada. E o teto do Lar de Carvalho finalmente cedeu e veio abaixo.

Tudo isso tão rápido quanto o cintilar de uma estrela cadente.

Caedmon estatelou-se sobre as ripas de madeira da ponte suspensa e sentiu-a balançar sobre a tensão do impacto. As longas cordas de cânhamo gemeram, mas a terrível orquestra de sons atrás do jovem caçador as abafou por completo. Em meio aos guinchos horripilantes do monstro mutilado, o Pai Carvalho gemia e estalava, como se ele próprio, em sua imponente majestade, reinando absoluto sobre as demais árvores do Bosque Cinzento, estivesse vindo abaixo num misto de agonia e fúria.

Erguendo-se sobre os cotovelos, Caedmon olhou por cima do ombro e viu, sob a luz amarelada e tremeluzente das lamparinas que ainda ardiam presas às paredes em colapso, o Lar de Carvalho, a coisa mais próxima de uma casa que ele jamais possuíra, herdada por ele do mais próximo de uma família que ele jamais tivera, ruir sob o peso do teto e da enorme criatura agarrada a ele, e desabar em horrendos *creeeks* e *craaaks* para o solo, mergulhando na escuridão da noite. *Isso está realmente acontecendo?*

Para sorte do jovem, a ponte suspensa se manteve firme, uma vez que as cordas que a sustentavam não haviam sido amarradas na estrutura da cabana elevada, e sim em grossos galhos da própria árvore. Mas não era alívio o sentimento que inundava naquele instante o peito de Caedmon como uma enchente relâmpago. Ele tampouco se sentia sortudo. Seu Lar de Carvalho havia sido destruído e, com ele, boa parte da lembrança viva de Hugor Ermitão. *E se for tudo apenas um sonho muito, muito maluco?* Sonho ou não, eram dor e fúria que desaguavam volumosamente no seu interior, como dois rios caudalosos e violentos se chocando de frente, e, nesse encontro turbulento de suas águas, uma mistura cáustica e inflamável se formou. Um grito rouco e doloroso lhe subiu em chamas garganta acima, e lágrimas ferventes lhe queimaram as bochechas de uma maneira que não acontecia desde a morte de seu pai de criação.

Um estrondo final indicou a chegada violenta da cabana arruinada ao solo, e Caedmon sentiu parte de si *despedaçar-se* junto com ela.

— SKREEEEEEEEEEEEEEEEEK! — berrou a criatura da escuridão lá de baixo, desta vez transmitindo mais dor e espanto do que propriamente ameaça.

— Apareça, seu desgraçado! — o jovem rugiu em resposta, pondo-se em pé. Sua garganta arranhou com o ímpeto de sua voz, mas isso lhe passou tão despercebido quanto a fina linha de sangue quente que começava a lhe descer nuca abaixo, saída do local onde antes ele havia colidido contra a parede da cabana. — Você vai pagar por destruir minha casa! Apareça *AGORA*!

Como que atendendo ao comando de Caedmon, o bater de asas do monstro voador voltou a preencher o vazio da noite, subindo em direção à copa das árvores. *Ele está tentando fugir*, o jovem teve a imediata certeza. Era como se, por instinto de predador, ele pudesse farejar o terror da criatura, e sua urgência desesperada para fugir daquele lugar, para longe daquela que havia sido a sua mais desastrosa caçada. *Mas não vou deixá-lo escapar. Nossa conversa ainda não terminou!*

Mesmo com a luz praticamente nula das estrelas que, de alguma forma, conseguia atravessar pela barreira de árvores em escassos feixes, Caedmon correu o mais rápido que suas pernas permitiam sobre a ponte instável. O bater de asas tornou-se mais alto, logo abaixo. Parte dele — aquela parte racional, que guardava com zelo os ensinamentos do velho Ermitão — falava em sua cabeça: *Não, Caedmon! Deixe-o fugir! Ele jamais ousará voltar depois disso!* Porém, outra parte — selvagem e furiosa, baforando fogo pela invasão do seu território, pela destruição do seu Lar de Carvalho, e exigindo um banho de sangue em troca — berrava a plenos pulmões, reduzindo a anterior a um mero sussurro, quase inaudível. *Mate-o! Mate-o! Mate-o!*

As asas da fera bateram mais próximas, e Caedmon correu ainda mais depressa, seguindo a direção do ritmado som de couro agredindo o ar. Então o bater de asas se tornou incrivelmente próximo, e Caedmon, num gesto que traria Hugor Ermitão furioso da morte para repreendê-lo, atirou-se da ponte num mergulho cego na escuridão.

Outra vez seus instintos não lhe faltaram. Um jaguar saltando de uma árvore sobre sua presa não faria um pouso mais certeiro. Caedmon caiu montado sobre o pescoço escamoso da criatura, desequilibrando seu voo e fazendo-a lutar para se manter no ar.

— Você invadiu a *minha* floresta! — O jovem caçador surpreendeu-se gritando acima dos guinchos irados do monstro enquanto cruzava as pernas em volta de seu longo pescoço e abraçava com firmeza a sua cabeça. — Você destruiu a *minha* casa! E ainda achou que escaparia assim?

O réptil voador debatia-se como podia, aos guinchos, tentando se livrar do homem sobre ele, mas Caedmon não afrouxou seu abraço. Pouco importava agora a que altura ele voava, montado à força no pescoço de uma terrível aberração de natureza desconhecida. Pouco lhe importava o imenso risco que corria, ou mesmo se ele sairia vivo de cima de seu feroz adversário. Pouco importava, pois, em sua cabeça, apenas a parte selvagem havia restado e ela gritava: *Mate-o! Mate-o! Mate-o!*

Ainda agarrado ao couro escamoso do monstro voador, Caedmon recebeu uma forte pancada nas costas e, por um momento, não entendeu de onde ela viera. O golpe se repetiu, mais pesado desta vez, acertando-lhe dolorosamente entre as omoplatas, e só então ele compreendeu. *O ferrão.* Em seu desesperado instinto, a criatura tentava ferroá-lo com a pua venenosa que já não mais possuía na ponta de sua cauda. Ainda assim, o longo membro constituía uma arma formidável, mesmo com o amortecimento do traje reforçado que o jovem vestia, feito de couro e peles. Outro golpe pesado desceu sobre suas costas. Mais outro. E outro. E então Caedmon desatou a rir.

— O que foi que aconteceu, senhor dragão? — ele gritou

em meio às gargalhadas, numa louca mistura de dor, raiva e triunfo. — Você não tem mais o seu aguilhão? Pois adivinhe só: eu ainda tenho o meu!

Agarrando-se ao pescoço da besta com apenas um dos braços, Caedmon sacou com a mão livre a pequena faca de caça que ele levava presa à cintura e, erguendo-a bem acima da enorme cabeça, desceu uma forte estocada. A arma, porém, chocou-se com um baque seco contra o resistente crânio da criatura, e outra vez a cauda mutilada desceu como um tronco de árvore sobre as costas do jovem. Cegado pela noite e pela fúria, Caedmon desferiu duas outras facadas inofensivas contra a carapaça de osso do réptil, até que a terceira acertou seu alvo, afundando-se até o punho no interior de sua órbita ocular. O horripilante guincho de dor e pânico do monstro despedaçou a noite. Aos ouvidos do caçador, porém, ele soou como uma adorável sinfonia de pássaros anunciando o início da primavera.

— Doeu? — ele berrou, fazendo girar a faca no interior pastoso da órbita ocular do réptil alado. — Eu não ouvi, seu maldito! Doeu?

A cauda decepada da fera voltou a lhe agredir as costas em golpes mais ferozes e desesperados, e a dor aguda que lhe atingiu a lateral do tronco indicou que talvez uma ou mais costelas houvessem sido quebradas. Porém, aquilo não foi o suficiente para deter os golpes desvairados de Caedmon, afundando cada vez mais a faca escorregadia no interior da cabeça do monstro alado, até senti-lo enfraquecer abaixo de si e, ainda tentando lhe atingir com o ferrão em falta, guinar numa queda vertiginosa. Folhas e galhos açoitaram o rosto do caçador em seu trajeto às escuras, e ele ainda gritava de triunfo quando predador e presa atingiram o solo. O impacto da criatura arremessou Caedmon para longe, e, por um instante, ele se sentiu sendo amparado por uma mão protetora, feita da mais pura vida do Bosque Cinzento. Só então a dor e o cansaço o venceram, e ele se deixou perder no misericordioso conforto da inconsciência.

Era dia quando Caedmon voltou a si. Ele não soube dizer por quanto tempo estivera ali, em meio aos arbustos densos que haviam amortecido sua queda. Ainda estava com a cabeça imersa nos pesadelos estranhos que atormentaram seu descanso — os quais incluíam enfadonhas lições de seu pai adotivo, uma jovem dando à luz no interior de uma carruagem aos solavancos, um pântano agourento tomado por névoa e um majestoso felino de pelagem branca —, e foi só quando tentou se levantar que as dores lhe trouxeram à lembrança o terrível combate que havia travado. O volumoso corpo sem vida da besta jazia próximo dali. Para além dele, estava o que havia restado do Lar de Carvalho.

Tentando ignorar as pontadas nas costelas, a dor latejante na nuca, a sede e a desorientação, Caedmon caminhou com dificuldade até os destroços de sua morada. Não levou muito tempo para encontrar seu arco longo e sua aljava, mas foi o machado de lenhar que lhe trouxe, apesar de todo o sofrimento, um sorriso no rosto. Seria com ele que o caçador arrancaria os dentes de seu adversário derrotado. Munido desses troféus de vitória, o caçador deixaria o Bosque Cinzento pela primeira vez em toda sua vida, para alertar os habitantes do vilarejo mais próximo sobre as duas vítimas que ele havia encontrado nos limites de sua morada, e tal revelação desencadearia eventos que mudariam para sempre a história do Reino Unificado de Ärenvil e Rovak'Doron.

Mas isso já pertence a uma outra história

O olho de Tullging

DUDA FALCÃO

Tull os convidou para uma conversa em seu sobrado. Quando os três indivíduos chegaram, os cumprimentou sem muito entusiasmo. Entre uma frase e outra, com evidente preguiça, tragava a fumaça fétida de um charuto. De vez em quando tossia com intensidade exagerada.

Rãnns e Góthãn conheciam havia pouco tempo o asqueroso homem-javali. Os gigantes não confiavam totalmente no sujeito. Os grandes dentes que lhe saltavam da boca não permitiam que as palavras saíssem com perfeição, o que atrapalhava a comunicação entre eles. Sulth também não o entendia muito bem. Ela era uma yōsei vinda das terras do leste e procurava maneiras de arranjar dinheiro fácil. Considerava-se uma espiã experiente, por isso aceitaria qualquer proposta do porco civilizado. Já fazia alguns meses que ela conhecia os dois gigantes e com a dupla cometera alguns crimes.

— Gigamir é uma cidade próspera para os negócios. — Tull tragou mais um pouco de fumaça. — E, para que meus negócios continuem prósperos, necessito que façam algo pra mim.

— Qual é o serviço? — perguntou Sulth.

— Pagarei bem pelo trabalho. Basta trazerem a cabeça do meu primo, Tullging. — O homem-javali apagou o charuto em um cinzeiro de vidro: — Ofereço mil peças de ouro!

— Coloque as moedas aqui — disse Rãnns, abrindo uma bolsa de couro.

— Tenha calma. — Góthãn segurou firme o pulso do comparsa. — Onde encontramos esse tal de... Como é mesmo que ele se chama?

— Tullging — falou a yōsei de pequenas orelhas pontiagudas.

As pernas miúdas de Tull tiveram grande dificuldade em levantar o enorme e obeso corpanzil da confortável poltrona. O suor fedorento do homem-javali se espalhou pelo cômodo. Os gigantes não se importavam muito com a fedentina, mas Sulth, sem esconder a repugnância, botou uma das mãos sobre o nariz aquilino.

Tull abriu as janelas da sacada e apontou com o dedo indicador, de unha suja e comprida, para uma das muitas torres que se elevavam na cidade dos gigantes:

— Enxergam aquela torre?

Góthãn levantou das almofadas em que permanecia acomodado e se aproximou de Tull. As eriçadas orelhas de pelo marrom do homem-javali alcançavam o umbigo do gigante. Rãnns também foi até a sacada. Seus movimentos eram desajeitados, principalmente em um prédio que fora projetado para a moradia dos miseráveis pequenos. Em Gigamir não viviam somente gigantes. E, assim sendo, aquele pé-direito era baixo para ele e Góthãn. Tinha de andar um pouco curvado para não arrastar a cabeça no teto. A yōsei os acompanhou, posicionando-se ao lado de Tull na sacada.

A torre de Tullging não era a maior da cidade; mesmo assim, Sulth sentiu vertigem ao contemplar a sua altura. Teve a sensação de que teriam de escalar o prédio para consumar a ardilosa tarefa.

Em um saquinho preso à cintura, Góthãn trazia nozes. Começou a mastigar a especiaria:

— Descreva Tullging para que possamos lhe trazer a cabeça certa.

— Tullging é um ordinário. Um safado, um idiota...

— Não duvidamos disso, mas precisamos de outros detalhes — disse Sulth, impaciente.

— Bem, é um homem-javali.

— Disso já suspeitava — rosnou Rãnns.

— Tem quase dois metros de altura. Uma anomalia. Nenhum da nossa espécie é tão alto quanto ele. Ao contrário de um corpo esbelto e gorduroso feito o meu, conserva uma massa incrível de músculos por toda a parte. Usa brincos no nariz e nas orelhas. Parece um maldito pirata. Além de tudo, é caolho. Substituiu o olho perdido por uma joia vermelha de rara beleza.

— Não temos como trazer a cabeça errada — afirmou Sulth, e Góthãn sorriu, revelando os dentes cariados repletos de fragmentos de nozes.

— Não esqueçam: quero que as presas e o olho postiço de Tullging continuem no mesmo lugar. Entenderam? Do contrário, não lhes pago uma moeda de latão.

Os três balançaram afirmativamente as cabeças.

Tull disse, esboçando um sorriso na face suína:

— Vou ornamentar a minha sala de estar com a carranca daquele traidor. — Ele colocou a mão esquerda sobre a pança, que balançava em sincronia com suas gargalhadas.

Assim que o homem-javali amenizou seu acesso de risos, Góthãn disse:

— Precisamos de um adiantamento!

— É tudo pelo dinheiro. É só nisso que vocês pensam! Pago cinquenta peças de ouro agora pra cada um de vocês. Receberão o restante quando entregarem a encomenda.

— Só isso? Arriscaremos nossas vidas por essa miséria? — Sulth botou a mão no cabo do punhal.

Tull, indignado, cuspiu no chão sujo, desaprovando a contestação da yōsei.

— Não dê ouvidos a ela, Tull — disse Rãnns. — A garota é inexperiente quando se trata de fechar uma negociação.

O homem-javali coçou a barriga.

— Ela ainda tem muito a aprender conosco. Aceitamos sua oferta — falou Góthãn.

O homem- javali pegou três sacos de couro embaixo de uma mesa e entregou um para cada.

— Saiam da minha frente. Se trouxerem logo a cabeça, posso ser mais generoso. Mexam esses traseiros.

Os dois gigantes e a yōsei deixaram o sobrado fedorento do contratante.

— Até que enfim, eu não aguentava mais o cheiro daquele porco — falou Sulth com o rosto vermelho de raiva.

— É melhor você se controlar — aconselhou Góthãn, olhando para baixo. — Um trabalho desses enche nossos bolsos por um bom tempo. Nós negociamos. Você escuta e aprende.

Faltava pouco para anoitecer. As pedras vermelhas que serviam de pavimento para as ruas do centro ainda estavam quentes, e Sulth podia sentir seus pés fervilhando dentro das sandálias. Mercadores e pedestres abarrotavam a cidade.

— Preciso fumar e beber um trago antes do serviço — rosnou Rãnns.

— Não há tempo pra isso — disse a yōsei.

— A missão pode esperar. — Rãnns olhou de maneira ameaçadora para ela.

— Não estamos dispostos a aguentar suas loucuras — advertiu Góthãn. — Vamos pra torre de Tullging.

— Façam o que bem entenderem. Antes vou passar em alguma taberna.

Rãnns foi se afastando dos companheiros. Góthãn se curvou para sussurrar no ouvido da yōsei:

—Vamos com ele, Sulth. Depois que Rãnns tomar um caneco de cerveja será mais fácil controlá-lo.

Rãnns foi abrindo caminho até o bar mais próximo seguido de uma yōsei furiosa e de Góthãn, que sempre assumia o papel de conciliador da equipe. Entraram em um estabelecimento de alvenaria velha e mofada pela umidade. Rãnns avistou no fundo do recinto uma mesa desocupada. Assim que se sentou em uma cadeira de perna frouxa, gritou para o garçom:

— Cerveja... cerveja, gnomo! — Bateu na mesa com a mão pesada. — Não tenho todo o tempo do mundo!

— Deixe de ser estúpido, Rãnns! — disse a yōsei, reprimindo a atitude do gigante.

Dois músicos tocavam uma melodia alegre, enquanto uma ōg dançava quase nua. Um bando de ōgs, sentados nas mesas à frente do palco, vibrava com empolgação diante do espetáculo. As criaturas armadas até os dentes riam de satisfação empunhando canecos de cerveja.

Um gnomo, o garçom, de quase oitenta centímetros de altura saltou sobre a mesa redonda em que os três companheiros seriam servidos:

— Então, o que vai ser pros gigantes e pra bela senhorita de cabelos azuis?

O garçom vestia uma roupa verde luminosa bem esquisita. Góthãn, antes de fazer qualquer pedido, reclamou:

— Primeiro, nós queremos que o mago desta espelunca diminua a temperatura do ambiente. Está muito calor por aqui!

— Desculpe, senhor, mas já faz algum tempo que tivemos de demitir nosso mago do frio. Os negócios não andam muito bem ultimamente.

— Que lixo! — disse Sulth.

Rãnns sorriu para ela, mostrando os dentes malcuidados. De tão indignada que a yōsei estava, por pouco não pulou no pescoço do gigante.

— E então, o que vai ser? — insistiu o gnomo com sua voz aguda.

— Uma cerveja pro Rãnns — disse Góthãn.

Rãnns olhou para o amigo e segurou o gnomo pela gola da camisa:

— Eu quero uma bebida bem forte!

Góthãn e Sulth olharam com desaprovação para o companheiro.

— Ainda temos algumas doses de Escama de Dragão Escarlate. Nas Terras de Lyu não existe nada mais forte.

Rãnns olhou pros companheiros e o sorriso cariado abriu-se de contentamento. Bonachão ao extremo, bateu com a palma da mão sobre a mesa de madeira:

— É exatamente o que preciso. Traga duas doses!

Góthãn e Sulth pediram um caneco de Molha Goela, bebida amarga extraída de um vegetal verde que nascia nas proximidades da poderosa cidade de Carmal. A criaturinha deu um salto acrobático e em um instante estava no balcão, cochichando algo no ouvido de um gigante que servia as bebidas.

O ambiente recendia a tabaco e fritura. Diversas criaturas humanoides conversavam, bebiam e enchiam a pança: gigantes, homens-lagarto, ogs, guerreiros-hienas, um ou outro mago humano escondido sob o capuz, gnomos das trevas, e também dowāfus que trabalhavam nas minas Korialis.

— Um mago poderia acabar com este cheiro horrível de peixe frito — reclamou Sulth.

Góthãn colaborou com as críticas negativas:

— Climatizar o ambiente seria melhor ainda. Isto aqui parece o interior de um vulcão.

— Vocês são dois recalcados! — xingou Rãnns. — Deixem de reclamar e vamos ouvir a música.

O garçom chegou com as bebidas. Rãnns emborcou todo o líquido escarlate de uma só vez.

— E então, senhor, não é uma maravilha? — perguntou o gnomo.

— É uma das minhas bebidas preferidas! Mais duas doses!

Rãnns repetiu o gesto de bater na mesa. Dessa vez usou força desproporcional, quase derrubando a bebida que os companheiros haviam pedido.

Góthãn não gostou nada daquilo. O rosto de Rãnns tinha adquirido uma coloração rosada. O amigo já estava bêbado!

O gnomo trouxe mais um duplo de Escama de Dragão Escarlate. Rãnns bebeu com satisfação e depois de acabar pediu mais.

Antes que o garçom fosse buscar a próxima dose, Góthãn o pegou pelo pequenino ombro e ameaçou o gnomo sem que Rãnns pudesse escutar:

— Escute aqui, rapazinho! Diga pro gigante que a bebida acabou! Se ele beber mais uma dose sequer, eu quebro o seu pescoço.

— Mas...

— Entendeu?

— Sim! — O garçom se dirigiu até o balcão.

A criaturinha voltou depois de alguns instantes, quando Rãnns já reclamava da incompetência do indivíduo.

— Senhor... a bebida acabou!

— O quê? Mas bebi tão pouco. — Rãnss começou a soluçar.

Góthãn tomou o último gole de Molha Goela de seu copo e disse:

— Não precisamos mais de bebidas por agora. Temos de trabalhar. Lembra, Rãnss?

Não houve nenhuma frase de resposta. Contudo, a cara de bêbado de Rãnss respondia por ele: parecia ter esquecido do trabalho que precisavam realizar.

— Quanto custou essa brincadeira? — Góthãn perguntou.

Sulth pagou a própria bebida, enquanto Góthãn pagou o resto, pois Rãnss não tinha condições de contar moeda alguma. Doses de Escama de Dragão Escarlate eram caríssimas, então Góthãn prometeu pra si mesmo que na primeira oportunidade raparia os bolsos de Rãnns. Os três saíram do bar. O gigante bêbado caminhava em ziguezague feito uma barata tonta.

A noite já havia descido seu manto negro sobre as ruas de Gigamir. Rãnns disse com convicção:

— Agora preciso de fumo.

— Mais essa! — praguejou a yōsei.

Rãnns liderou o grupo em um destino incerto pelas ruas de Gigamir.

Góthãn falou no ouvido de Sulth:

— Acho que precisamos acabar com a bebedeira desse desmiolado.

— Não foi você quem disse que poderíamos controlá-lo melhor se estivesse bêbado?

— Eu não imaginei que ele fosse ficar nesse estado.

— Talvez uma farmácia resolva nosso problema — disse a yōsei, impaciente. Ela, uma conhecedora de ervas e chás, puxou conversa com o companheiro desorientado: — Rãnns, venha conosco. Eu sei onde arranjar o fumo que você tanto deseja — e deu uma piscadela pra Góthãn.

— Ótimo! Melhor assim. É do bom? Eu gosto de qualidade!

— Fique tranquilo, gigante! Você vai saber logo.

A yōsei foi à frente. Da rua em que estavam, os três podiam ver a torre de Tullging sobressaindo-se entre outras torres da cidade. Morar em edificações daquele tipo deixava os seus proprietários longe da sujeira que se acumulava nos becos, e também dos bandidos que se escondiam em vielas escuras e nas piores hospedarias da cidade.

As ruas de Gigamir, em sua maioria, eram estreitas: locais escuros e abafados que fediam a lixo e mofo. De avenida espaçosa, existia apenas a que dava acesso ao palácio do rei, mas o trio estava longe dela.

Depois de dobrar uma esquina aqui, outra ali, a yōsei disse:

— Chegamos!

Pararam diante de uma farmácia.

— Rãnns, abra essa porta — ordenou Sulth.

— *Muleezza!* — concordou o gigante, enrolando a língua.

Rãnns pegou a clava que carregava presa à cintura e, com uma pancada no trinco da porta, fez saltar faísca para todos os lados. A clava mágica de Rãnns soltava uma espécie de fogo alaranjado quando batia contra alguma coisa. Havia comprado aquela arma de um mago do fogo, um dos tantos trambiqueiros espalhados pela cidade. O gigante não sabia, mas logo a carga mágica do objeto se extinguiria por completo.

Chamuscada e com o trinco esfacelado, a grossa porta de madeira se abriu com um ranger agudo. Por sorte ninguém abriu as janelas do prédio vizinho e a rua estava deserta.

— Seu energúmeno! — Sulth quase enlouqueceu. — Quer nos entregar pros guardas? Por que não abriu a fechadura com o estilo de um verdadeiro ladrão? Tudo precisa ser feito com estardalhaço!

O sorriso cariado de Rãnns se abriu:

— Gosto de te ver nervosinha!

— Vou encher sua cara de sopapo na próxima.

Rãnss apenas riu, divertindo-se com a situação.

Entraram na farmácia. Para curar a bebedeira do colega o quanto antes, Sulth dirigiu-se à prateleira dos chás. Fascinada pela quantidade de produtos diversos acondicionados em tubos de vidro, ela quase não percebeu algo estranho se movimentando no escuro: duas luzes vermelhas com o formato de bolas de gude voavam pelo recinto. Foi então que revelaram ser os olhos de um gato descomunal, do tamanho de uma pantera. A criatura miou com ferocidade antes de atacar e todos os seus pelos se eriçaram.

A yōsei viu o brilho das garras da criatura. O ambiente não estava totalmente na escuridão, já que os ladrões haviam deixado a porta de entrada semiaberta para que alguma luz vinda do exterior pudesse orientá-los.

O gato furioso pulou na direção de Sulth. Rãnns colocou-se entre o guardião e a yōsei. As unhas afiadas do inimigo rasgaram a pele do gigante entre o pescoço e o peito, e os dois rolaram pelo chão. Antes que o guardião pudesse ferir o rosto de Rãnns, Góthãn acertou um chute de direita no focinho do animal, fazendo com que a fera fosse arremessada contra o balcão.

Rãnns, com o efeito da bebida correndo no corpo, praticamente não sentiu os ferimentos. O gigante ignorava a dor e a perda de sangue. Levantou-se do chão de forma estabanada, quase caindo outra vez. Com a clava, tentou acertar o grande gato, que estava se recompondo da pancada. A arma de Rãnns passou do lado da orelha do felino, o chão de madeira ficou chamuscado e as prateleiras tremeram. Góthãn desenrolou com extrema perícia uma corda que levava à cintura e fez um laço em sua ponta.

O guardião ronronou de forma ameaçadora enquanto encarava os invasores antes da próxima investida. A criatura atacou novamente. O gigante bêbado não foi capaz de evitar que os dentes afiados do adversário mordessem seu ombro.

Assim que a criatura largou Rãnns, Góthãn com grande habilidade laçou o pescoço do felino. Rãnns continuava sem sentir dor, mas sua visão estava desaparecendo. Tentou um último golpe, aproveitando que o gato permanecia preso. Errou a tacada e viu que as faíscas da clava tinham se extinguido. O gigante bêbado caiu no assoalho de madeira, perdendo a consciência. Os objetos nas estantes sacudiram mais uma vez.

Com um movimento rápido das garras, o guardião arrebentou a corda que o prendia e tornou Góthãn o novo alvo. O gato pulou na direção do gigante, que tão rápido quanto o adversário sacou o machado de duas lâminas às suas costas. O machado afiado rachou a cabeça do imprudente atacante em duas partes desiguais. O corpo da criatura, estirado no chão, ainda se contorceu uma última vez antes de perder a vida por completo.

Sulth pegou da prateleira um vidro de formato esquisito. No rótulo havia uma inscrição na língua do seu povo.

— Isso vai ajudar! — a yōsei disse, aproximando-se de Rãnns.

Assim que ela retirou a rolha que tampava o recipiente, um cheiro forte exalou pelo ambiente. Nos ferimentos de Rãnns, a yōsei passou o unguento e o sangue aos poucos parou de escorrer.

— Temos de sair daqui! — disse Góthãn.

O gigante pegou Rãnns e o carregou como se fosse um grande saco de batatas. Antes de saírem da farmácia, Sulth roubou mais alguns pequeninos frascos e os distribuiu entre os bolsos da calça e da camisa.

Góthãn conhecia uma hospedaria ali por perto que abrigava a bandidagem de Gigamir. Lá poderia salvar o companheiro. Passando por poucos pedestres nas vielas escuras, eles chegaram à hospedaria, sem nenhuma culpa pelo assalto e por terem matado o guardião da farmácia. Na recepção, um yōsei de pele cinza e cabelos prateados lia um livreto. Góthãn colocou Rãnns em um sofá.

O yōsei se agitou de trás do balcão e disse:

— Hei! Ele não pode dormir aí!

— Precisamos de um quarto pro nosso companheiro!

O recepcionista observou os ferimentos de Rãnns:

— Acho que vocês precisam de uma enfermagem, não de uma hospedaria.

— Ah, isso são ferimentos superficiais. Nosso amigo bebeu muito e caiu das escadas de uma taberna. Veja bem, ele dorme feito uma criança! Não vai incomodar nem um pouco.

O yōsei se deu por convencido e aproveitou para cobrar o aluguel do quarto um pouco mais caro do que o habitual. Sem titubear, Góthãn limpou a bolsa de couro de Rãnns. Com uma parte da quantia pagou o recepcionista, outro tanto serviu para reembolsar seu prejuízo no bar, e o restante por terem de passar por todas as enrascadas propiciadas por Rãnns.

O gigante e a yōsei deixaram o hotel com a promessa de que viriam buscar o companheiro até o final do dia seguinte.

— Rãnns só apronta! Não quero mais saber de trabalhar com ele! — Sulth foi enfática.

Góthãn permaneceu em silêncio, pois considerava Rãnns como um irmão.

Depois de se embrenharem nas vielas do centro de Gigamir, chegaram ao pé da torre de Tullging.

A torre, semelhante a um cano, ia se afunilando desde a sua base até o topo. Sulth olhou para cima, quase ficando com torcicolo: a edificação tinha mais ou menos uns cento e vinte metros de altura. A coloração quase rosada dos tijolos se misturava ao limo que crescia na parte inferior da torre. Não poderiam, obviamente, invadir o lugar pela grande porta principal — por sinal, a única entrada do lugar, excetuando-se as janelas, que ficavam a trinta metros do chão. Puderam ver luzes acesas apenas nos dois últimos andares.

— Só nos resta escalar! — disse Sulth para o gigante.

— Não há problema!

— Você trouxe o material?

— Pergunta ridícula. É óbvio. Está aqui. Esfregue bem nas mãos e na sola das botas.

— Não precisa me ensinar. Eu sei como se faz!

Os dois se prepararam ao lado de um sobrado, escondidos pela sombra da torre. Sulth e o gigante besuntaram as mãos e a sola das botas com uma pasta roxa e pegajosa.

— Este negócio foi uma das melhores coisas que roubamos daquele velho feiticeiro caduco em Carmal — disse Sulth.

— Tem razão. Pena que está acabando.

— Teremos dinheiro suficiente pra comprar mais um carregamento disso depois que assaltarmos esse homem-javali.

Os dois começaram a escalar a torre. O item mágico lhes dava incrível aderência ao tocar nas pedras da edificação. Pareciam lagartixas subindo a parede.

— A noite está perfeita pra esse tipo de passeio — disse Góthãn, realizado.

— Quanto mais escura a noite melhor!

— As nuvens estão ocultando a fase cheia de Luniar. Nada mais interessante pra um ladrão do que estar oculto nas sombras.

— E assassinos, não esqueça! É o que você é.

— Quem pode se dar ao luxo de não ser um fora-da-lei nas Terras de Lyu?

— Poucos, meu caro. De luxo certamente não vivemos. Agora chega de conversa fiada e observe bem as janelas pelas quais vamos passar. Só entraremos na torre depois de avistarmos Tullging.

— Certo, madame — disse Góthãn com sarcasmo.

O gigante seguiu à frente de Sulth. Depois de longos minutos de escalada, ele estacou no penúltimo andar. A janela pela qual Góthãn espionava estava iluminada. No aposento, o alvo jantava na companhia de duas mulheres-javali. O olho de pedra vermelho que Tullging usava tinha um brilho constante e hipnótico.

Góthãn fez sinal para que Sulth invadisse o andar de baixo. Os dois tinham uma série de códigos a que já estavam acostumados, mesmo naqueles poucos meses em que se conheciam. Nenhum transeunte viu aquelas figuras sorrateiras. E, talvez, se alguém tivesse os visto, o mais provável é que não teria dado a mínima importância para o caso. Gigamir era quase uma cidade sem lei depois que a imperatriz hasteou a bandeira do Império de Carmal sobre eles.

Sulth invadiu sozinha a torre depois de constatar que a janela do antepenúltimo andar não estava fechada.

— Luz! — disse a yōsei ao mesmo tempo em que abriu um bolso de seu casaco.

Mariposas vermelhas e fluorescentes voaram em círculos ordenados, iluminando o aposento quase vazio. Não havia nada de interessante por ali, apenas uma cama de madeira e um colchão velho sobre ela. Adiante, uma porta se revelou pela luminosidade vermelha que os insetos emitiam.

Sulth abriu com furtividade a porta e encontrou a escadaria da torre. Com cautela, subiu passo a passo os degraus. No andar superior, de uma das duas portas que avistou, escutou o barulho de gargalhadas. Pelo seu senso de orientação, não teve dúvida alguma: aquela era a sala que Góthãn espionava. Antes de uma investida arrojada, a yōsei olhou pelo buraco da fechadura. Pôde ver o olho vermelho de Tullging brilhando. A criatura acariciava o ombro de uma de suas companheiras.

A yōsei concluiu que sua melhor arma naquele instante era a surpresa, então invadiu a sala de repente, sacou seu punhal e arremessou contra o alvo. Um grito estridente de dor escapou da garganta de Tullging. A ponta afiada da faca havia penetrado seu peito.

No instante em que Tullging colocava uma das mãos sobre o punhal, Góthãn pulou dentro da sala pela janela. As duas mulheres-javali grunhiram de ódio. O gigante as espancou sem ao menos dar um aviso qualquer de ameaça. Sulth correu até Tullging e antes que ele pudesse retirar o punhal do seu corpo ferido, a yōsei empurrou a lâmina da arma até o cabo. Perplexo, Tullging urrou mais uma vez, seu coração parou de bater, e o olho de pedra que outrora brilhava se apagou.

Uma de suas companheiras ficou estirada no chão, perdendo muito sangue de ferimentos no rosto. A outra, cambaleando, conseguiu fugir da sala de jantar e gritou por auxílio.

O corpo do homem-javali permanecia sentado em sua cadeira estofada. Sulth arrancou o punhal do coração da vítima.

— Vamos embora daqui! Corte a cabeça de Tullging, Góthãn! — ordenou a yōsei.

O gigante escutou diversos passos subindo as escadarias

próximas. Sem titubear, cumpriu as ordens da colega. Um golpe preciso, realizado com uma cimitarra, foi suficiente para que a cabeça fosse arrancada do tronco em uma fração de segundo. Sangue espirrou para todos os lados.

A yōsei agarrou o prêmio por uma das enormes orelhas.

— Nos encontramos no sobrado de Tull — disse a yōsei para o gigante enquanto acenava.

A mulher pulou da janela da torre sem medo algum. Afastou uma perna da outra e os braços, de perto das costelas. Manteve o corpo ereto. Asas artificiais surgiram abaixo de suas axilas e entre as coxas. O material que usava era bem peculiar: feitas de um metal maleável e um tecido leve confeccionado em Arakas, as asas imitavam os órgãos de voo dos dragões e eram instaladas na própria roupa.

Góthãn praguejou. A yōsei planava acima dos prédios de Gigamir feito uma folha ao sabor do vento outonal.

Sulth escutou os impropérios que o colega esbravejou. E também pôde ouvir o tilintar de armas na luta ferrenha que se seguiu na sala de jantar de Tullging. O quanto antes chegasse ao sobrado de Tull, melhor seria para ela. Não queria correr o risco de dividir com ninguém as mil peças de ouro. Isso, é claro, não ocorreria se Góthãm fosse aprisionado pelos guardas de Tullging ou tivesse um destino ainda pior. Quanto a Rãnns, ela imaginava que o gigante não se recuperaria tão rápido depois daquela bebedeira.

O voo noturno de Sulth foi gracioso. Era a primeira vez que via Gigamir daquela perspectiva. Manipulou suas asas artificiais de forma que pousasse bem perto do sobrado do contratante. Em um beco vazio, a não ser por entulhos e ratos bem-alimentados, pousou sem maiores dificuldades. Não havia mais ninguém circulando pelas ruas àquela hora, talvez um ou outro mendigo — até mesmo os marginais estavam dormindo. O horário da maracutaia estava encerrado, ao menos para alguns desses malandros. Porém, bandidos mais sofisticados como a yōsei não tinham hora para colocar as diversas artimanhas em jogo.

Enfim, Sulth chegou à casa de Tull. Quando ela bateu à porta, o próprio homem-javali a abriu. Seus olhos escuros brilharam ao ver a relíquia que ela trazia:

— Entre, mulher! Entre logo!

Sulth entrou no sobrado:

— Está aqui o que você queria!

Ela entregou a cabeça para a criatura ambiciosa. Tull gargalhou satisfeito ao ver o olhar apagado da pedra vermelha.

— Morto! Finalmente. Esse maldito mereceu!

— O pagamento, onde está?

— Espere aqui. Vou buscar lá em cima. — Tull não demorou muito para buscar um grande saco de couro com moedas. Perguntou com curiosidade: — Onde estão os gigantes?

— Um deles encheu a cara e não conseguiu nos acompanhar. E o outro morreu lutando contra os seguranças de Tullging. — Essa era a informação que Sulth desejava ser real.

— Hum. Eles não pareciam muito espertos mesmo.

Tull, sem se importar com o que teria acontecido de fato, entregou o pagamento para a yōsei.

— Se precisar de serviço me procure — disse o homem-javali.

— Vou sumir por uns tempos — falou ela. — Antes de ir embora, gostaria de saber uma coisa.

Tull acendeu um charuto:

— Pergunte!

— O que você vai fazer com a cabeça?

— Vou dar para os meus cães. Gosto mesmo é daquele olho de pedra! Não é fantástico? — Ele piscou para a yōsei com um sorriso cínico na boca fedorenta.

— Se você acha, quem sou eu para discutir? — Sulth não pagaria mais do que cinquenta peças de ouro pela gema. Se tivesse investigado, porém, descobriria que não se tratava de qualquer joia.

A yōsei pegou o pagamento e se despediu, embrenhando-se na escuridão dos becos de Gigamir.

Autores

Juliane Vicente

É escritora de ficção científica, fantasia e horror, bailarina do Grupo de Danças Populares Andanças. Doutoranda em Comunicação Social (PUCRS), mestre em Comunicação (UFRGS), especialista em Teoria e Prática na Formação do Leitor (UERGS) e licenciada em Letras — habilitação em Língua Inglesa e suas respectivas literaturas (PUCRS).

- facebook.com/julianevicentex
- instagram.com/juliane.vicente

Bruno Leandro

É carioca da gema. Bacharel e licenciado em Letras/Inglês pela UERJ, escreve ficção especulativa, especialmente fantasia, e já teve contos publicados nas antologias *Tomos Fantásticos* (9Bravos), *Espada e Feitiçaria 2* (Buriti) e no primeiro e terceiro volumes da antologia *Mitografias*. Publicou seu primeiro conto independente, "Em Busca do Paraíso Perdido", na Amazon, em 2020.

- facebook.com/brunnoleandro
- instagram.com/bruноleanndro
- twitter.com/BrunoLeandro

Samuel Ngolatím

Nascido aos 29 de novembro de 1997 em Luanda/Angola, é um estudante de Artes, concretamente música (canto lírico), no Complexo Escolar de Artes (CEARTE) de Angola. Para além de estudante de música, é inovador e membro da Associação dos Inventores e Inovadores de Angola (A.I.I.A). É apaixonado pela literatura e desde os 10 anos de idade compõe músicas, mas só aos 18 decidiu apresentar-se e dedicar-se como romancista.

- samuelngolatimoficial@gmail.com

Simone Saueressig

É escritora gaúcha. Tem vários títulos publicados dentro do gênero fantástico, destacando-se *Padrão 20* (ficção científica), *Os Sóis da América* e *De Ferro e de Sal* (fantasia) e "O Orquidófilo" (terror — conto). Recebeu o Troféu Odisseia de Literatura Fantástica em 2018, pelo conjunto da obra.

- facebook.com/simoneescritora
- instagram.com/simoneescritora

Kátia Regina Souza

É jornalista, revisora, tradutora e, há alguns anos, tenta ser escritora também. Gosta de contar boas histórias, sejam elas ficcionais ou não. Portanto, escreve livros-reportagem para adultos e literatura fantástica, usualmente, para crianças. É autora de *O Velho Mundo* (2016), *A Fantástica Jornada do Escritor no Brasil* (2017) e *Questões fundamentais da Escrita Criativa* (2019).

- facebook.com/krssouza
- instagram.com/katiarssouza
- katiareginasouza.com

Bruna Sanguinetti

Trabalha com arquitetura e escreve nas horas vagas. É fã de histórias de terror e fantasia, de Neil Gaiman e Diana Wynne Jones. Concluiu o curso Formação de Escritores na Metamorfose e publicou contos nas antologias *Contos de Mochila* e *Planeta Fantástico*, ambas pela Editora Metamorfose.

- facebook.com/bruna.sanguinetti
- instagram.com/b.sanguinetti

Verônica S. Freitas

Vem dos vales do interior paulista e desde cedo cultua o terror. Cresceu em meio a HQs, filmes, ficção científica e animação japonesa e desde os 12 anos dedica a imaginação à escrita do gênero. Funcionária pública formada em Gestão Empresarial, teve contos em diversas antologias, como *Cursed City* e *Quando o saci encontra os mestres do horror*, pela Editora Estronho, *SOS Titanic*, da Editora Literata, *Erótica Steampunk* da Editora Ornitorrinco, *Mundos Vol. 2* pela Editora Buriti e *Sala de Cirurgia — Contos sem anestesia* pela Editora Fora da Caixa.

- facebook.com/Beronique

Mariana Bortoletti

É marketeira, escritora e leitora de livros velhos. Em 2020, resolveu desatolar a gaveta de manuscritos e conseguiu tirar dela seu primeiro livro, *Onirismos*, uma coleção de contos de fantasia científica. É apaixonada por literatura clássica, pela moda do século XIX e por histórias que exploram o "e se?". Pode ser encontrada perdendo tempo no YouTube, falando sobre extraterrestres, costurando alguma roupa histórica, jogando Super Mario ou produzindo conteúdo sobre escrita e marketing literário em seu blog.

- facebook.com/mariana.bortoletti
- instagram.com/marianabortoletti

Fábio Aresi

É porto-alegrense, nascido no Dia de Finados de 1985. Licenciado e doutor em Letras pela Universidade Federal do Rio Grande do Sul, aventura-se pela escrita criativa por um misto de paixão e necessidade. É fã incondicional do horror cósmico de H.P.Lovecraft, da alta fantasia de J.R.R.Tolkien, e da acidez crua de Chuck Palahniuk.

- facebook.com/fabio.aresi
- instagram.com/fabio_koy

Duda Falcão

É escritor, professor de escrita criativa, editor e doutor em Educação. Tem seis livros publicados: *Protetores* (2012), *Mausoléu* (2013), *Treze* (2015), *Comboio de Espectros* (2017), *O Estranho Oeste de Kane Blackmoon* (2019) e *Mensageiros do Limiar* (2020). Também é um dos idealizadores e organizadores da Odisseia de Literatura Fantástica e do Prêmio Odisseia de Literatura Fantástica. Foi editor da Argonautas Editora e atuou na Feira do Livro de Porto Alegre, em diversas edições, como curador do evento *Tu, Frankenstein*. Em 2018, ganhou o 1º Prêmio ABERST de Literatura na categoria conto de Suspense/Policial. Em 2019, lançou as coleções *Planeta Fantástico* e *Multiverso Pulp* para divulgar novos autores e a literatura fantástica brasileira. Atualmente leciona no Curso Metamorfose de Escrita Criativa.

- instagram.com/covildoescritor
- dudaescritor.wordpress.com/multiverso-pulp
- Canal Odisseia de Literatura Fantástica: bit.ly/3xWOCJM

Fred Macêdo (Ilustrador)

Nascido em 30 de junho de 1972, em Fortaleza, Ceará, começa a trabalhar profissionalmente como ilustrador e quadrinista depois de atuar 20 anos no mercado securitário. Seus primeiros trabalhos são resultados de sua parceria com o conceituado artista, roteirista e tradutor Wilson Vieira, que trabalhou muitos anos no concorrido e prestigiado mercado italiano através do estúdio Staff di IF ("Immagini e Fumetti"). A dupla publica suas histórias na Itália, Argentina, Portugal e Brasil. Macêdo ilustrou para o mercado italiano no *Guida Bonelli: Tutte Le Edizione Straniere*, uma compilação de títulos sobre todas as edições do personagem Tex Willer; desenhou várias capas para as editoras Argonautas e AVEC com a temática Pulp; fez também a HQ *The Seventh Son of The Seventh Son*, pela NFL Comics Editora (São Paulo), uma adaptação do álbum de 1988 do grupo de rock Iron Maiden. Fred Macêdo também desenvolve atividades no magistério como professor de desenho, ilustração, quadrinhos, figura humana e modelagem pelo Instituto Federal de Educação, Ciência e Tecnologia do Ceará (IFCE).

Robson Albuquerque (Colorista)

Nasceu em Fortaleza, Ceará, tem 29 anos e desde pequeno sempre demonstrou afinidade com a área de desenho e artes gráficas. Incentivado pela mãe, participou de cursos de desenho e pintura, mas foi somente quando prestou vestibular para Artes Visuais no IFCE que essa paixão se estabeleceu como um foco profissional. Seus primeiros trabalhos como ilustrador e colorista datam de 2009, quando ingressou no Curso de Roteiro para Histórias em Quadrinho do Estúdio de Quadrinhos e Artes Gráficas Daniel Brandão e foi convidado para fazer parte do grupo de artistas do estúdio. Como colorista digital, Robson já participou de diversos projetos com grandes nomes da ilustração nacional como Daniel Brandão, Fred Macêdo e Júlia Pinto em capas de livros e revistas, histórias em quadrinhos, ilustrações editoriais e diversas outras mídias. Atualmente, além de colorista freelancer, Robson trabalha como diretor de arte em uma empresa de marketing digital, produzindo ilustrações e *letterings* sob encomenda.

DISPONÍVEIS NOS FORMATOS

FÍSICO E EBOOK

CONFIRA TODOS OS VOLUMES JÁ PUBLICADOS

WWW.AVECEDITORA.COM.BR

⌂ Caixa postal 7501
CEP 90430 - 970
Porto Alegre - RS
🌐 www.aveceditora.com.br
✉ contato@aveceditora.com.br
📷 instagram.com/aveceditora